作家榜® 经典名著

读经典名著，认准作家榜

大方
sight

万叶集指南

中信出版集团 | 北京

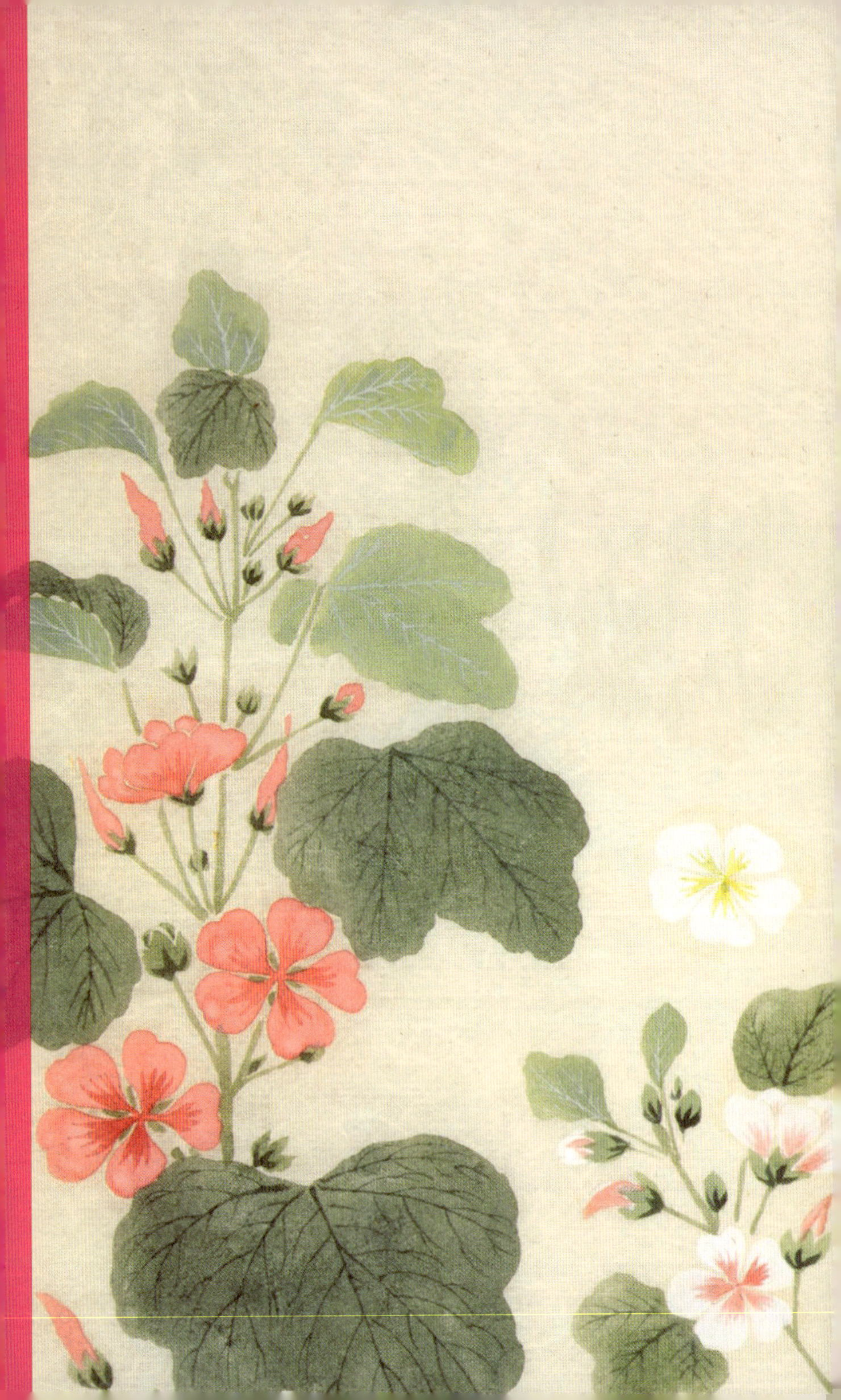

目　录

第一部分	关于汉译《万叶集》	001
第二部分	《万叶集》作者及歌号索引	043
第三部分	《万叶集》年表	075
第四部分	日本古代官制、官位表	086
第五部分	天皇家系、氏系图	090
第六部分	干支表	094
第七部分	《万叶集》植物图谱	096

第一部分
关于汉译《万叶集》

中日两国有着悠久的文化交流史，但是，直到近代，两国间的文化交流都是以中国向日本输出为主，文学的交流与传播更是如此。中国在明代万历年间（1573—1620年）开始有了日本歌谣的翻译介绍，但有明确的翻译意识、正式将和歌翻译成汉语的历史还不足百年。

在过去近百年的时间里，虽然中日两国学者不断地关注两国间的文化交流，作出了不懈的努力，然而，由于历史上的偏见，中国学者对日本古典文学的研究态度与日本学者对中国古典文学的研究态度相比，还是比较消极的。这种状况对日本古典文学的翻译态度也有直接的影响。

译者在此就汉译和歌，尤其是汉译《万叶集》的历史和现状做一考察，比较各时期不同的翻译观及翻译风格，在分析其中具有代表性的翻译作品的基础上找出问题点，并提出对古典和歌翻译的一些看法，以期得到识者斧正。

一、中国早期的和歌翻译与研究

关于中国的和歌翻译，在译者有限的调查范围内，最早介绍和歌的文献是侯继高（1533—1602年）《全浙兵制》中附录的《日本风土记》以及李言恭、郝杰的《日本考》。根据渡边三男和汪向荣等学者的书志学研究，李言恭、郝杰《日本考》的内容和《日本风土记》的内容几乎相同，成书时期都是明代万历年间，[1] 虽然书名不同，但实际为同一著作。

关于这两本书的书志学考察别作他论，这里我们仅对两本书中记载的和歌稍事考察。

（一）《日本风土记》及《日本考》中"歌谣"和"山歌"的情况

在《日本风土记》和《日本考》问世之前，在译者管见范围内，中国文献没有关于和歌的记载。明代中期撰成的《日本风土记》和《日本考》中收载有三十九首"歌谣"和十二首"山歌"，并附有读音和释义。下面是《日本风土记》对"歌谣"和"山歌"的记录实态。

《日本风土记》共由五卷构成，其中卷三有"歌谣"项，卷五有"山歌"项。这里所指的歌谣并非日本上古时代的歌谣，而是

---

1. 汪向荣等校注《日本考》，中华书局1983年版。

当时中国人附加的名称，实际上是俗谣。[1]据译者所见，这三十九首和歌大多与《古今和歌集》《拾遗和歌集》等歌集中的和歌类似。

至于这些"歌谣"和"山歌"的翻译形式大抵如下：

开卷右页首先是歌的题目，这些题目不是原歌附有的，极有可能是收录时加上去的。题目概括了每首歌的大意，比如，第一首的题目为《岩衣山带》，就是根据"切义"部分中的译文"苔蔽岩穿衣没领／雾横山系带无腰"的意思概括而来的。

题目的左侧是歌的正文，用汉字和平假名逐行书写。左页有"呼音""读法""释音""切意"等项。"呼音"是在汉字语汇上附加日本语的发音，比如，"衣"字，附有日本语的发音"过路木"。渡边三男在《译注日本考》（1943年）中指出，"过""路""木"三字的发音采用了当时江浙地方方言的发音。[2]"读法"是用汉字读音（江浙地方方言）书写全歌。"释音"是对用汉字读音记录的和歌的字词语汇的注释。"切意"是将和歌翻译成汉诗部分。据译者所见，这是中国文献中最初的和歌汉译。

此后，郑舜功（生卒不详）在《日本一鉴〈名汇〉文本和索引》（1566年前后）中提及《万叶集》，但是没有举出具体作品。[3]清代末期，黄遵宪（1848—1905年）也简短地介绍过歌谣和《万叶集》，但没有翻译这些和歌。[4]

---

1. 吉川幸次郎《汉译万叶集选》，日本学术振兴会1959年版，第194页。
2. 渡边三男《译注日本考》，日本大东出版社1943年版。
3. 郑舜功《日本一鉴〈名汇〉文本和索引》，笠间索引丛刊68，1982年版。
4. 黄遵宪《黄遵宪全集》，中华书局2005年版。

（二）民国时期（1912—1949年）的汉译和歌

中国正式的和歌翻译是从民国时期开始的。关于近代中国的万叶和歌的翻译，邹双双进行过缜密的调查。[1] 到1940年为止，汉译和歌主要是谢六逸（1898—1945年）和钱稻孙（1887—1966年）完成的。

1. 谢六逸的和歌翻译

谢六逸于1898年出生于贵州省贵阳市，本名光燊，字麓逸，后改为六逸。1919年至1922年在早稻田大学专门部政治经济科留学。归国后，首先为郑振铎（1898—1958年）著《文学史大纲》（1927年）的日本文学部分执笔。1927年，谢六逸自著《日本文学》由上海开明书店出版，这是由中国人写成的第一部介绍日本文学的著作，书中介绍了日本的上古歌谣和《万叶集》。

关于谢六逸翻译的先行研究主要有吴卫峰的论文《关于日本古典诗歌的中国语译（其一）——谢六逸及其〈日本文学史〉》，此文考察了谢六逸《日本文学史》中的歌谣、和歌、俳句的翻译形态。[2] 以下是译者对谢六逸在《日本文学》《日本文学史》以及

---

1. 邹双双《关于〈万叶集〉在中国的传播及其翻译情况，《日本文化学报》第48辑，2011年2月。
2. 吴卫峰《关于日本古典诗歌的中国语译（其一）——谢六逸及其〈日本文学史〉》，《东北公益文科大学综合研究论集》（16），2009年6月。

散见于杂志的歌谣及万叶和歌的翻译实态所做的粗浅考察。

(1) 歌谣的和译

谢六逸首先对歌谣的口承性、创作时代及其文学特征做了解说，关于歌谣的形式，他认为：

> 一首常为三音、四音、六音、八音、九音、十一音。就中每首五音、七音、五音、七音、七音共计三十一音的歌，约有六十首，是为日本"短歌"的滥觞。[1]

谢六逸关于歌谣的介绍虽然简单，但这是首次向中国读者阐述了歌谣与和歌的关联，即歌谣是和歌的源头。与此同时，他还强调恋歌在日本古代社会生活中的重要性，在介绍女鸟王和仁德天皇的传说时，他翻译了古事记歌谣·66—70（数字为日本和歌大观的歌号，下同）五首歌谣。

在《日本文学史》第二章《上古文学》第一部分《古代的歌谣》中，谢六逸共翻译了十一首歌谣，[2]即《日本书纪》歌谣·10，以及《古事记》歌谣·2—5、9—14；同书第二章的第四部分《古事记和日本书纪》，在介绍《古事记》的故事时，他翻译了《古事记》的第

---

1. 谢六逸《日本文学》，商务印书馆1929年版。
2. 谢六逸《日本文学史》，上海书店出版社1991年版。

一首歌，以及上述《日本文学》中的《古事记》歌谣66—70等五首歌谣。

（2）首译万叶和歌

谢六逸翻译的万叶和歌大多在《日本文学》和《日本文学史》中。此外，1925年6月7日、7月19日、9月13日，他在《文学周报》上共翻译发表了柿本人麻吕的长短歌十余首，以及山部赤人的十首歌。

在《文学周报》第176期（1925年6月7日）上，他发表了翻译的柿本人麻吕歌十首（实际为九首），以及山部赤人的十首歌，具体的歌号如下：

◎ 柿本人麻吕的歌

卷二·208、211；

卷十·1812、1820、1914、1949、2103、2240、2336。

（其中1820、1914、1949、2103、2336并非柿本人麻吕的歌。）

◎ 山部赤人的歌

卷六·919、924、925、939；

卷八·1424、1426、1427；

卷三·318、325、358。

在《文学周报》第182期（1925年7月19日）中，谢六逸翻译了柿本人麻吕的长歌一首（卷二·207），并附加了如下说明：

此歌是柿本人麻吕哀悼他所私通之妇作的，共有二首，兹先译出一首。篇末附短歌二，本刊一七六期三六面所载"秋山的红叶繁茂，欲觅迷途的妻，但不识山径"。即其一也。

谢六逸说的柿本人麻吕为哀悼他所私通女性所作的长歌是卷二·207、210，在此翻译了卷二·207。卷二·207附属的两首短歌（卷二·208、209）仅翻译了卷二·208。卷二·210长歌没有翻译，但是翻译了此歌附属的一首短歌（卷二·211）。

在《文学周报》第190期（1925年9月13日）中，谢六逸翻译了柿本人麻吕的长歌（卷二·131）及此歌附属的二首短歌（卷二·132、133）。

谢六逸翻译的万叶和歌发表在杂志和专著中，没有出版专门的译著。北新书局刊谢六逸著《日本文学史》中，翻译介绍了山部赤人的歌十首、柿本人麻吕的歌六首、山上忆良的歌三首、大伴家持的歌一首，共计二十首。[1] 具体歌号如下：

◎ 山部赤人的歌（十首）：

卷十·1914、2240、2336；

卷三·318、卷十·1949、2130；

卷六·925；

卷八·1424、1426；

卷三·358。

---

1. 谢六逸《日本文学史》，上海书店出版社1991年版。

其中的卷十·1914、1949、2103、2336 这四首在《文学周报》中记为柿本人麻吕的歌，在此书中记为山部赤人的歌，实际上这四首歌的作者不明。卷十·2240 在《文学周报》中记为柿本人麻吕的歌，在此书中记为山部赤人的歌，实际上是柿本人麻吕的歌。

◎ 柿本人麻吕的歌（六首）：

卷二·131、132、133、207、208、211。

◎ 大伴家持的歌（一首）：

卷十·4325。实际上是佐野郡丈部黑当的歌。

◎ 山上忆良的歌（三首）：

有《贫穷问答歌》及附属短歌卷五·892、893。

在上海商务印书馆刊行的《日本文学》中还有六首短歌：卷一·43；卷十四·3399；卷二十·4325、4328；卷十四·3459。

作为把日本文学介绍到中国的先驱者，谢六逸认为明治、大正时代的文学在当时的东亚处于遥遥领先的位置。他在 1926 年的《改造》杂志上发表了论文《关于日本古典文学》，向当时的中国社会表明了推广日本文学的态度：

> 一般的中国人士，每当听到日本文学研究这句话立刻产生轻蔑的心态，产生这样的疑问："日本文学真的有研究的价值吗？"交谈中始终有这样的看法。长期居住在日本的留学生大多数是学习政治经济法律科学的，也难免不轻视日本的文学。真是令人哀叹。究其原因，是他们当中没有一个人认真研究过日本的古代文学或者近代文学。他们想当然地认为日本古代的

一切文化没有不是从中国经由朝鲜流入到日本来的，衣服饮食家屋都是模仿中国的。[1]

不仅如此，谢六逸在1927年出版的《日本文学》的序文中，批判了当时中国人"大国民"的"偏狭的民族主义"，表明了客观研究日本文学的立场。这种立场直接反映在他的翻译实践上，他首先关注的是忠实地传达和歌的意思，从翻译歌谣开始就选择了白话诗体的语言形式。谢六逸虽然没有说明不采用旧体诗而是采用白话诗体翻译和歌的理由，但是和后来出现的钱稻孙的翻译相比，不难发现谢六逸的翻译主旨是明白无误地传达原歌的意思。译者认为，这是谢六逸在对汉诗与和歌有着根本性区别的认知的基础上做出的选择，他认为和歌不适合用旧体诗风翻译，这从他对短歌的描述中可知一二：

短歌虽然初看上去简陋好似无深意，但是善于捕捉瞬间的情感，用三十一字的形式写出来，确实有一种单纯的情趣。

衡量谢六逸翻译的长短，在肯定他选择白话诗体的同时，也不能忽视其缺点。在正确传达原歌含义的基础上，还必须传达原歌的韵律，以及通过语顺倒置而表现出的诗歌张力。谢六逸和歌翻译的主要问题，是他使用的叙述性语句过于冗长，缺乏律动。

---

1. 谢六逸《关于日本古典文学》，《改造》杂志，改造社，1926年6月7日。

具体译例如下:

①《古事记·中卷·景行天皇》中记载的倭建命给美夜受比卖的歌(《古事记》歌谣·27)

原歌:

　　ひさかたの　天の香具山　鋭喧に　さ渡る鵠　弱細　撓や腕を　枕かむとは　吾れはすれど　さ寝むとは　吾は思へど　汝が着せる　襲衣の襴に　月立ちにけり[1]

谢译:

　　你的柔弱的手腕,
　　好似香山上的被镰刀割了的嫩枝;
　　我想枕着你的手腕睡觉。
　　来到你穿着的外衣的衣裾下,
　　还要经过许多的岁月呀。[2]

②《古事记》歌谣·13

原歌:

　　神風の　伊勢の海の　大石に　這ひ廻ろふ　細螺の　い這ひ廻り　撃ちてし止まむ[3]

---

1. 《古代歌谣集》日本古典文学大系(3),岩波书店1957年版。
2. 谢六逸《日本文学》,商务印书馆1929年版。
3. 同注释1。

谢译：

　　我们包围敌人，

　　如细螺围绕波涛汹涌的伊势海的大石，

　　努力杀贼！

③《万叶集》卷十·2240

原歌：

　　誰そ彼と　われをな問ひそ　九月の露に濡れつつ　君待つわれそ[1]

谢译：

　　莫问立在那里的是谁呀！

　　是九月露沾湿了的待着君的我。

④《万叶集》卷六·925

原歌：

　　ぬばたまの夜の更けぬれば　久木生ふる　清き河原に千鳥しば鳴く

---

1. 本文万叶原歌全部引自中西进《万叶集全译注》，讲谈社文库1993年版。

谢译：

　　夜渐深了，
　　长着楸树的清净的河原，
　　千鸟频啼。

⑤《万叶集》卷八·1424
原歌：

　　春の野に　すみれ摘みにと　來しわれそ　野をなつかしみ　一夜宿にける

谢译：

　　到春日的野外摘紫云英的我，
　　恋着野外，
　　竟夜忘归了。

⑥《万叶集》卷八·1426
原歌：

　　わが背子に　見せむと思ひし　梅の花　それとも見えず　雪の降れれば

谢译：

　　想送给友人看的梅花，
　　积了白雪，

花也难于分辨了。

⑦《万叶集》卷十四·3399

原歌：

　　信濃道は　今の墾道　刈りばねに　足踏ましなむ　沓はけ我が背

谢译：

　　信浓路是新辟的道，

　　你不要赤脚踏着斩伐过的树根，

　　请穿上鞋子，

　　我的夫呀！

⑧《万叶集》卷十四·3459

原歌：

　　稲舂けば　かかる吾が手を　今夜もか　殿の若子が　取りて嘆かむ

谢译：

　　春稻到了如今，

　　手上起皱了，

　　今夜公子来了，

　　道难叫他握我的这样的手吗？

（"道难"是"难道"之误。）

上述谢译万叶和歌③—⑥载于1929年北新书局的《日本文学史》，⑦—⑧载于1929年商务印书馆的《日本文学》。从那些划波浪线的部分不难看出，过长的修饰语破坏了原歌的节奏。

此外，在《文学周报》第176期（1925年6月7日）中，谢六逸介绍万叶和歌的成立年代时，误将日本的皇历纪年当作西历纪年，比如，他将舒明天皇的在位时间（593—641年）误记为西历1253—1301年。译者没有见过1927年上海开明书店刊《日本文学》以及1929年同书店刊的增订本，详情不明，但至少可以确认在1929年商务印书馆"万有丛书"的《日本文学》和1929年北新书局的《日本文学史》中已经将误记改正过来了。

总之，谢六逸和当时大多数留日学生一样，并非专攻日本文学，因此欠缺日本古典文学的专业知识和研究方法，难免犯一些低级错误。与此同时，在作品翻译中也反映出译者对作品、作者、历史、风土等方面缺少全面深入的了解。

众所周知，翻译的一个重要条件是，要尽量掌握与被翻译作品相关的所有信息，而我国在日本古代歌谣和万叶和歌的译介方面历来忽视这一重要条件。

由谢六逸开创的日本古代歌谣和万叶和歌的翻译事业其后被继承下来，但是这种问题也随之出现。和歌的翻译是否有基准？如何处理原歌的语言形式？这些问题一直烦扰着后来的译者们。

2. 钱稻孙的《汉译万叶集》和《万叶集精选》

钱稻孙的日本文学翻译开始于二十世纪三十年代，到1966年去世为止，他翻译介绍了《万叶集》《源氏物语》等日本古典文学作品。钱稻孙的日本文学翻译主要集中在《万叶集》。这里我们主要考察的是钱稻孙在民国时期的和歌翻译。关于钱稻孙翻译的先行研究有松冈香、吴卫锋、邹双双等人的论文，[1] 尤其是邹双双的研究，她通过细致的书志研究对《汉译万叶集》的完成经纬作了详细考证。

关于钱稻孙的生平，根据吉川幸次郎的《钱稻孙氏〈万叶集精选〉跋》和文洁若的《〈万叶集精选〉编后记》可以得知，钱稻孙于1887年出身于浙江省吴兴的书香门第。祖父钱振伦为六朝诗人鲍照的诗和唐代诗人李商隐的骈文做过注。叔父钱玄同是著名的音韵学大家。父亲钱恂是《史目表》的作者，受清朝政府派遣赴日本京都任留日学生监督。钱稻孙九岁时开始在日本生活，从小学到高等师范都是在日本接受的教育。此后。钱稻孙的父亲先后被任命为意大利和比利时的公使，钱稻孙也随父亲到欧洲，继

---

1. 松冈香《关于〈万叶集〉的中国语译（其一）》，《北陆学园短期大学纪要》第21号，1989年12月。《关于〈万叶集〉的中国语译（其二）》，《北陆学园短期大学纪要》第22号，1990年12月。
吴卫峰《关于日本古典诗歌的中国语译（其三）——钱稻孙和〈万叶集〉的翻译》，《东北公益文科大学综合研究论集》（19），2010年1月。
邹双双《佐佐木信纲选、钱稻孙译〈汉译万叶集选〉研究——回顾其成立背景、出版情况、翻译》《东亚文化交流研究》杂志4，2011年3月。

续在大学学习。1912年归国后，钱稻孙任教育部视学，后来在北京大学任讲师，讲授日本语和日本史课程，后升为北京大学教授兼任北京图书馆馆长。1927年开始在清华大学讲授东洋史课程。抗日战争期间，钱稻孙先后被任命为北京大学秘书长、校长及文学院院长。抗日战争胜利后，钱稻孙因"汉奸罪"被捕。1949年后，钱稻孙从事过教师、编辑等工作。1956年退休后，他被聘为人民文学出版社的特约翻译，一直工作到去世为止。

钱稻孙最初的万叶和歌翻译发表在1937年9月《北平近代科学图书馆刊》的创刊号上，标题为《日本古典诠译二首》，翻译的是雄略、舒明天皇的御制歌。[1] 进入二十世纪四十年代，钱稻孙发表了《日本诗歌选》，[2] 其中包括四十首万叶译歌及其他日本古典作品。他最具代表性的万叶和歌译著，是1959年由日本学术振兴会刊行的《汉译万叶集选》，以及1992年由中国友谊出版公司刊行的《万叶集精选》。后者在前者三百一十一首译歌的基础上增补了三百七十九首，共计六百九十首。[3]

关于汉译《万叶集》，松冈香、吴卫锋、邹双双已经从不同的角度进行了研究。松冈香在《关于〈万叶集〉的中国语译》(其一)、(其二)两篇论考中将万叶和歌与钱稻孙的译歌进行了比较研究。

---

1. 吴卫峰《关于日本古典诗歌的中国语译（其三）——钱稻孙和〈万叶集〉的翻译》，《东北公益文科大学综合研究论集》(19)，2010年1月。
2. 松冈香《关于〈万叶集〉的中国语译》(其一)，《北陆学园短期大学纪要》第21号，1989年12月。
3. 文洁若《万叶集精选》，中国友谊出版公司1992年版。

松冈香在论文中将钱稻孙的翻译方法归类为"意象译",将周作人的翻译归类为"说明译"。暂且不论松冈香的这种分类是否恰当,松冈香为了分析钱稻孙的翻译主旨以及期望达成的目标,引用了《汉译万叶集选》序文中的"爰不自惴,亡试韵译。以拟古之句调,庶见原文之时代与风格,然而初未能切合也",并指出钱稻孙的万叶和歌翻译"关注诗歌所持有的韵律的姿态。从这个立场出发,钱氏先将《万叶集》的原歌解体,再重新翻译组装时置换成本国诗集《诗经》的形式"。松冈香将《万叶集》原歌和钱稻孙的译歌进行比较得出以下结论:

> 两译(指《日本诗歌选》和《汉译万叶集选》)都是对原歌加了解释的意象式翻译。而且不仅仅是把握大意,共同点是苦心传达作为韵文的意象。其方法就是置换成本国的韵文,但是在语句的配置及押韵的完成度等方面,《汉译万叶集选》更具有中国诗形式。在添加补足说明,或者添加原歌没有的表现,努力传达原歌的气氛方面,后者的翻译也都更进了一步。[1]

译者对松冈香的分析和结论抱有几点疑问。钱稻孙的万叶和歌翻译在数量上来说确实是空前的,但是其翻译的内容存在很大的探讨余地。这不是对待同一事物有不同看法的问题,而是如何

---

1. 松冈香《关于〈万叶集〉的中国语译》(其一),《北陆学园短期大学纪要》第21号,1989年12月。

理解翻译本质的问题。松冈香的分类法出自近藤春雄的翻译理论，但问题是这一理论是否适合和歌汉译的具体情况。"说明译"和"意象译"的分类在某些场合也许是有效的分类方法，但是在汉译和歌中并不是妥当的分类。周作人的"说明译"不仅仅传达大意，也可以传达意象，而钱稻孙的"意象译"未必能准确传达和歌意象。所谓"大意"和"意象"是共存的，无法割裂的。

众所周知，翻译并不是孤立的语言行为，要接受时代、社会、文化等方方面面的影响。五四新文化运动以后，为了介绍国外的先进文化和思想，翻译承担了重要的职责。从那个时期开始，中国翻译界围绕翻译中的形式问题展开了激烈的论争。周氏兄弟的"直译、硬译"，严复的"信、达、雅"等，中国翻译界做了多种尝试。就当时外国诗歌翻译的整体情况来看，西洋诗的翻译在数量上占绝对优势。胡适、郭沫若、茅盾、成仿吾等人的翻译理论和诗歌翻译作品都非常成熟，但不可思议的是，钱稻孙的和歌翻译几乎看不出借鉴参考西洋诗翻译理论和实践的迹象。

当时的诗歌翻译文体大致分为白话诗体和旧诗体。周作人和钱稻孙在翻译实践上的不同并非"说明译"和"意象译"，而是选择了不同文体。周作人选择白话诗体，钱稻孙选择旧诗体，反映了他们不同的翻译观。

近年来，关于钱稻孙的汉译《万叶集》，吴卫峰和邹双双在书志考证和文本分析方面进行了研究。吴卫峰在回顾钱稻孙日本古典文学翻译经历的基础上，将其译诗分为汉诗译和口语译，并对译数较少的口语译万叶和歌进行了考察。[1]根据吴卫峰的考察，钱稻孙的口语译使用的也不是近代语汇和表现方法，而是偏爱"歌谣体"或"元明散曲体"，从《万叶一叶》[2]开始，钱稻孙就将同一首歌翻译成"汉诗译"和"口语译"两种形式。邹双双在书志考证的基础上，从形式和用语两方面分析了钱稻孙的译歌。邹双双关于译歌形式的调查结果是：四言短诗六十四首，四言长诗七首，五言短诗一百首，五言长诗五十三首；七言短诗十二首，七言长诗二十七首；五七言等混杂韵诗四十八首（六句以上为长诗）[3]。邹双双认为，由于钱稻孙对《诗经》的执着以及容易和原歌相对应，钱译经常使用四言和五言诗的形式。另外，她还指出，从"使用助词'兮'调整音调，表示强调及感叹"等方式，也可以看出钱稻孙对《诗经》的执着。关于用语，邹双双引用翻译家李芒的评价对钱稻孙的翻译做了概括：

> 他的大部分译歌，都用的是《诗经》笔法，文字过于古奥，一般的读者很难读懂。它同《万叶集》原歌的古文相比，似乎有一定距离，也就是说，原歌并不像译歌那么难懂。这种译法不利于让更多的中国读者了解《万叶集》，恐怕是不可取的。[4]

---

1. 吴卫峰《关于日本古典诗歌的中国语译（其三）——钱稻孙和〈万叶集〉的翻译》，《东北公益文科大学综合研究论集》（19），2010年1月。
2. 1943年4月至1945年2月，钱稻孙在《日本研究》杂志上连载的万叶译歌系列的题目。
3. 此为邹双双原注。
4. 李芒《和歌翻译问题小议》，《日语学习与研究》第1期，1979年3月。

作为系统翻译介绍《万叶集》的第一人，钱稻孙尝试用旧诗体翻译，在其所处的时代有一定的价值，他的翻译尤其得到当时日本知识界的认同。钱稻孙的教育背景以及优秀的语言能力，在当时是难得的人选，因而得到佐佐木信纲的信任，将汉译《万叶集》的重任交给他，这对钱稻孙来说无疑是极大的荣耀。他非常积极地投入这项翻译工作，并执着地选用非常古奥的翻译语言。至于为何选择旧诗体翻译，他认为拟古的句调最能反映原文的时代及风格，[1]而这也是最易受人诟病之处。

五四新文化运动以后，中国的翻译理论与实践飞速发展，很多诗人、作家用白话诗体写作，用白话诗体翻译外国诗歌。钱稻孙作为同时代的翻译家偏好用旧诗体翻译虽然无可指责，但问题是旧诗体是否适用于外国诗歌的翻译。仅就钱稻孙的译歌来看，他选择和歌翻译语言形式的动机过于简单，并不是选择旧诗体才能反映古代日本人的情感及氛围，关键是传达诗歌的内核及意象，而不是给诗歌穿古旧的衣装。

通过实例更容易了解钱稻孙以旧体诗翻译和歌所面临的局限，《万叶集》卷一·28：

　　春過ぎて　夏來たるらし　白たへの　衣ほしたり　天の香具山

---

1. 钱稻孙《日本古典万叶集选译序》，《汉译万叶集选》，日本学术振兴会1959年版。

钱稻孙是这样翻译的：

春既徂欤，
夏其来诸；
有暴白纻，
香山之陬。[1]

这首歌具有鲜明的季节感和流畅的节奏，描写了香具山附近进入夏季的景色，歌作者抒发了愉快的心情。钱稻孙的翻译为了押韵选用了"徂""诸""纻""陬"这些完全不符合原歌意思的字，"诸"作为感叹词使用在汉语中是非常罕见的，"白纻"是"白麻布"，和原歌"白衣"的意思不符。选用这些生僻的词汇不符合万叶和歌单纯质朴的风格，破坏了原歌强烈的画面感和鲜明的意象。

钱稻孙的万叶和歌翻译常常追求外在效果，为了表现古风大量使用生僻的词汇。看上去形式整然，实际上破坏了原歌的节奏，失去了咏唱的音乐感和情感的自然流露。比如，原歌"白たへの衣ほしたり"这样舒缓的节奏，被压缩在"暴白纻"三个字当中。钱稻孙也用现代诗体翻译了这首歌，文洁若收录在《万叶集精选》[2]中，译歌如下：

---

1. 钱稻孙《汉译万叶集选》，日本学术振兴会刊行1959年版。
2. 文洁若《万叶集精选》，中国友谊出版公司1992年版。

看是春天已过，
夏日来临降；
天香山上，
晾着白衣裳。

第二句的"夏日来临降"是为了和"上""裳"押韵将"降临"换成"临降"。另外，为了尽量凑成五言，他在主语"夏日"的后面使用了三个意思相近的动词"来""临""降"，不能不说是造作的汉语表达。第三句译为"天香山上"，上述的旧体诗译为"香山之陬"，"上"和"陬"的意思完全不同，不知道译者对原歌是如何理解的。最后一句"晾着白衣裳"比起上述的"暴白纻"，不但意思和原歌相符，而且节奏也流畅许多。

由于篇幅的限制，无法逐一列举钱稻孙万叶和歌翻译的各种问题。文洁若在钱稻译《〈万叶集精选〉编后记》中介绍说，这部译作集是钱稻孙去世后，整理钱稻孙留下的译稿编成的，其中一部分和歌有两三种译文，编者将所有译文全部收录在这部译集中。钱稻孙译《万叶集精选》里的译歌并不是按照译者的意志选择的，是编者文洁若选择的结果。因此，钱稻孙一歌多译的动机如何？不同风格的翻译基准是什么？诸如此类的疑问或许在深入研究其译文文本之后才能得出答案。

二、1949年以后的万叶和歌翻译

从 1949 年到二十世纪七十年代末期的三十年间，虽然各种政治运动不断，但是钱稻孙、杨烈等译者还是坚持做《万叶集》的翻译工作。首先，来看钱稻孙的译作，他的《万叶集精选》于 1992 年由中国友谊出版公司出版；杨烈从二十世纪六十年代开始翻译《万叶集》，其译作是中国最初的全译本，于 1984 年由湖南人民出版社出版；沈策的《万叶集》（选译本）未公开出版，由四平师范学院科研处和外语系于 1979 年 8 月印刷成册，仅限内部使用；檀可、赵玉乐的《万叶集选译》，选了六百七十首歌，1993 年由香港亚洲出版社出版；李芒的《万叶集选》于 1998 年由人民文学出版社出版；2002 年，赵乐甡的全译本《万叶集》由译林出版社出版；2008 年，金伟、吴彦的全译本《万叶集》由人民文学出版社出版。

（一）杨烈的全译本《万叶集》

杨烈在全译本《万叶集》的序中介绍了翻译《万叶集》的经过，并在介绍翻译《万叶集》意义的同时，解释了为何不使用白话诗体来翻译万叶和歌。杨烈认为：

> 《万叶集》中的和歌是四世纪到八世纪期间创作的，是由日本天皇们的飞鸟、近江、藤原的迁都时代转入奈良的定都时

代,与中国的南北朝、隋唐时期相同,因此将这一时期的日本和歌翻译成中国这一时期的诗体。

基于上述考虑,杨烈用旧体诗的形式翻译了全二十卷《万叶集》和歌。和歌的翻译是否要符合目的语国家相应的时代?翻译语言的形式是否以此为基准来决定?究竟什么是和歌翻译最重要的因素?这些问题必须从最基本的内容与形式两方面加以考察。其一,内容方面:万叶和歌咏唱的是什么?古代日本人是如何使用和歌来咏唱的?其二,与和歌的内容相比,和歌形式方面的问题更多:中国旧体诗的形式是否是传达和歌表现特征的最好形式?时代性、氛围、文化相似性等外在因素是否比和歌自身所传达的内容更加重要?众所周知,翻译的主旨是尽量忠实原作,不仅仅是忠实传达原作的内容,还要尽可能传达原作的形式特征。文学作品的翻译是非常困难的,尤其是诗歌作品,传达原作的所有信息几乎是不可能的事情。因此,回避主观性,忠实原作,是翻译者应该遵守的最基本的原则。

杨烈当然和所有译者一样期望能翻译出优秀的译文,问题是他的译文存在任意设定的主观倾向。虽然看上去是整然有序的五言诗句,但其中存在着各种各样的问题。首先,旧体诗必须押韵,为了押韵而添加原歌没有的内容或者删减原歌的内容,这样的情况在杨烈的译文中随处可见。举例来看:

① 卷一·28

原歌:

春過ぎて　夏來たるらし　白たへの　衣ほしたり　天の香具山

杨译：
　　春去夏天来，
　　为时将入伏，
　　天之香具山，
　　人在晒衣服。

杨译划波浪线的内容是原歌没有的，这是对原歌内容进行添加的例子。

② 卷一·58
原歌：
　　何処にか船泊てすらむ安礼の崎漕ぎ廻み行きし棚無し小舟

杨译：
　　安礼崎边水，
　　小舟上下游，
　　只今波浪阔，
　　何处可停舟。

杨译划波浪线的内容是原歌中没有的，原歌画直线的部分是没有翻译的内容。这里能同时看出对原歌内容分添加和删减两种情况。杨译的五言诗虽然押韵，但是押韵不但在传达原歌内容上派不上用场，而且容易窜改原歌咏唱的微妙意象。高市连黑人的这首短歌通过瞬间的联想和空间的展开抒发旅情，按照原歌的语顺翻译足以传达原歌的内容。例如：

如今停泊在何处
划向安礼崎的
那只无篷的小船[1]

周作人在1918年2月刊行的《新青年》4卷2号中的《〈古诗今译〉题记》中就指出了为押韵而破坏原歌韵律的问题：

一、（第一段文章略）

什法师说："翻译如嚼饭哺人。"原是不差。真要译得好，只有不译。若译他时，总有两件缺点，但我说，这却正是翻译的要素：（一）不及原本，因为已经译成中国语；如果还同原文一样好，除非请Theokritos学了中国语，自己来作。（二）不像汉文——有声调好读的文章——因为是外国著作；如果用汉文一般样式，那就是我随意乱改的糊涂文，算不了真翻译。

---

1. 金伟、吴彦译《万叶集》，人民文学出版社2008年版。

二、口语作诗，不能用五七言，也不比定要押韵；只要照呼吸的长短作句便好。现在所译的歌，就用此法，且来试试，这就是我的所谓"自由诗"。[1]

周作人在民国时期已经指出了翻译的本质，或者说他意识到翻译的限制，追求以具有时代感的白话诗体翻译诗歌及和歌。从内容上看，旧体诗的韵律对被翻译的作品来说没有什么意义。万叶和歌的短歌有三十一个音节，其中包含五音节的短句和七音节的长句，通过长短变化产生节奏。这种形式是在翻译成汉语时无法移植的，是被翻译所限制的部分，比遵守汉诗的韵律更重要的是关注呼吸的节奏和情感的流露，这样更可能翻译出接近和歌咏唱形式的作品来。

再回到使用旧诗体翻译和歌的问题上来，主张用旧诗体翻译和歌的人在关注使用生僻的用语及押韵等外部形式以外，很少关注和歌特有的表现形式及其他关联因素，以下是几个具体的实例分析：

（1）虽然万叶和歌是从四世纪到八世纪期间创作的，但是其源头来自日本的古代歌谣，歌风质朴，歌意平明，并不像翻译出来的旧体诗那样晦涩生僻。杨烈的翻译确实比钱稻孙的翻译易懂，但依然存在大量"古色"痕迹，例如卷一·1是这样翻译的。

---

1. 周作人《周作人文类编⑧希腊之余光》，湖南文艺出版社1998年版，第206页。

原歌：

　　籠もよ　み籠持ち　掘串もよ　み掘串持ち　この岳に菜摘ます児　家聞かな　名告らさね　そらみつ　大和の国はおしなべて　われこそ居れ　しきなべて　われこそませ　われこそは　告らめ　家をも名も

杨译：

　　美哉此提篮，

　　盈盈持左手，

　　美哉此泥锄，

　　轻轻持右手，

　　尔是谁家女，

　　摘菜来高阜，

　　尔名又若何，

　　尔能告我否，

　　大和好山川，

　　向我齐俯首，

　　全国众臣民，

　　听命随我走，

　　尔家与尔名，

　　尔能告我否。

这首卷头歌，原本是"一首春日野游采野菜的歌，被引用到雄略物语中"。杨烈的翻译随处可以看到原歌没有的内容，并刻意用古语的感叹词和人称来模仿古人的语气。

（2）包括杨烈在内，先前的和歌翻译很少考虑一首和歌的整体情况，尤其缺乏对和歌的风土及历史背景的理解，其结果导致很多误译。再来看卷一·2的翻译，

原歌：

　　大和には　群山あれど　とりよろふ　天の香具山　登り立ち　国見をすれば　国原は　煙立つ立つ　海原は　鷗立つ立つ　うまし国そ　蜻蛉島　大和の国は

杨译：

　　大和有群山，

　　群山固不少，

　　天之香具山，

　　登临众山小，

　　一登香具山，

　　全国资远眺，

　　平原满炊烟，

　　海上多鸥鸟，

　　美哉大和国，

　　国土真妖娆。

划波浪线的部分与原歌不符。"登临众山小"这样的翻译说明

译者不知道香具山是座什么样的山，模仿杜甫740年的《望岳》诗中"一览众山小"的诗句,这会让读者产生错觉,因为杜甫的《望岳》诗比这首和歌的创作时间晚一百多年,因此不能采取这种把万叶和歌的意象与杜甫诗同一化的翻译。另外,"海上多鸥鸟"这样的翻译说明译者没有对这首歌的风土情况进行调查,原歌的"海原"并非"海上"的意思。这首歌中的误译在此后赵乐甡的翻译中也出现过。

（3）对歌作者的作歌背景、生活环境以及身处某种境遇的心境把握不足，很难传达原歌意思，比如卷一·8这首额田王的歌。

原歌：

　　熟田津に　船乗りせむと　月待てば　潮もかなひぬ　今は漕ぎ出てな

杨译：

　　夜发熟田津，

　　乘船待月明，

　　潮来月忽出，

　　趁早划船行。

原歌最后一句作者心中的紧迫感，杨烈使用旧诗体翻译，没有充分表现出来。白话诗体比较容易表现。

在熟田津乘船待发

直到月满潮涨

现在快划出去啊

比起单纯追求押韵，更重要的是如何更好地向读者传达人物的情感和原歌营造的气氛。

（二）李芒的《万叶集选》和檀可、赵玉乐的《万叶集选译》

之所以同时讨论李芒的《万叶集选》和檀可、赵玉乐的《万叶集选译》，是因为这两个译本有共同的特点。其一，都是古体诗形式的选译本；其二，翻译观相似；其三，是按照不同的歌人编辑的。

1. 李芒的《万叶集选》

1979年，李芒在《日语学习与研究》的创刊号上发表了题为《和歌汉译问题小议》的论文，是针对进行了多年有关和歌翻译的论争而写的论文。当时，日本语言文学及翻译学界的学者们争相发表论说，阐述关于和歌汉译的观点。这次论争持续到1985年，主流意见还是主张以旧体诗形式或者固定形式（比如松浦友久的"三、四、三、四、四"定形论）[1]翻译和歌。

---

1. 松浦友久《关于和歌俳句的汉译——由节奏论的观点谈起》，《日语学习与研究》第1期，1984年6月。

李芒在《〈万叶集选〉·译本序》中阐述了自己的翻译方法：

> 我们过去的译文，有的偏重古奥，有的较为平易，但有人照搬原作的发音句式，由于中日文结构迥异，这样译成中文必然比原文长出不少，就难免产生画蛇添足的现象。（中略）本书译者参考了上述种种译作，采取在表达内容上求准确，在用词上求平易，基本上运用古调今文的方法，以便于大学文科毕业，喜爱诗歌又有些这方面常识的青年知识分子，个别字查查字典就能够读懂。当然，这只是个人的想法和初步的实验，是否得当，有待于读者的批评。

2. 檀可、赵玉乐的《万叶集选译》[1]

在李芒出版《万叶集选》前五年，檀可、赵玉乐在香港出版了《万叶集选译》（1993年）。他们选译了六百七十首，按不同歌人分类编辑，两人在简短的序文里阐述了选歌的基准和使用旧诗体翻译的主张。选歌的标准是古风，意象鲜明，音乐感强。选择旧诗体翻译的理由列了两条：其一，日本和中国的古典诗歌有很多共通性，因此用旧体诗的形式翻译万叶和歌最适宜；其二，南北朝、隋、唐时代的中日关系很融洽，相互的文化也相似，因此适合以旧诗体翻译和歌。今天再来考量檀、赵二人的理由时，

---

1. 檀可、赵玉乐《万叶集选译》，香港亚洲出版社1993年版。

不难发现他们选择旧诗体翻译和歌的标准只是基于作品外部的所谓"共通性"或是"文化的相似",而且这种认识本身是否妥当也令人质疑。

考察这两个选译本可以发现,其文体上的问题与钱译、杨译的情形相同,任意增减原歌内容,而针对原歌的意象、感情氛围、风土环境特征及特殊的修辞方式等,缺乏准确的把握和处理。此外,从译歌的注释部分来看,译者的注释缺乏万叶和歌方面的专业知识,主观倾向非常显著。因为是按照不同歌人来分类编辑的,没有注明歌号,参照原文进行比较时非常不便。

(三)赵乐甡的全译本《万叶集》[1]

赵乐甡态度鲜明地指出了旧体诗翻译的弊端,并在万叶和歌的翻译形式上做了新的尝试。他在译林出版社出版的《万叶集》译序中指出了以往和歌翻译中存在的问题,通过长期的翻译实践得出了自己的新见解,即和歌,尤其是短歌,用五言四句的形式翻译很难呈现其原貌,并归纳出以下四种常见的问题:其一是古奥,比《诗经》还难懂,古代日本人的语言并不是如此晦涩难懂的;其二是添加,为了符合旧体诗的形式,添加原歌没有的内容;其三是修饰,认为堆积华丽的词藻就是诗;其四是改装,不考虑原歌的表现方法,全部按照起、承、转、合的形式套入四句当中。

---

[1]. 赵乐甡译《万叶集》,译林出版社2002年版。

看上去像所谓的诗,其实和原歌无关。

和歌翻译确实要考虑各种因素,如果不传达三十一音节中包含的微妙的、有时是语言无法描述的情感、情绪等,这样的翻译肯定索然无味。赵乐甡虽然发现了前人在翻译实践中的问题,在解决问题的道路上前进还是会遇到很多困难。

赵乐甡的短歌翻译形式主要是将四句改为三句,以额田王的两首短歌为例:

① 卷一・7

原歌:

秋の野の　み草刈り葺き　宿れりし　宇治の京の　仮廬し思ほゆ

赵译:

秋野刈草苫棚顶,

忆起当年宿在,

宇治都,那草棚。

第二句和第三句的分句不自然,呼吸在不该停止的地方停止。

② 卷一・8

原歌:

熟田津に　船乗りせむと　月待てば　潮もかなひぬ　今は漕ぎ出てな

赵译：

乘船熟田津，

待月把帆扬；

潮水涌，操棹桨。

这首译歌虽然压缩成三行，但还是把原歌没有的"把帆扬"添加到译歌中。原歌创作于七世纪中期，日本当时是否已经开始使用帆也有待考证。最后一句"潮水涌，操棹桨"，明显没有表现出原歌紧张的气氛。

赵乐甡虽然抵制五言四句的翻译形式，但是又局限在自己开创的新形式中，没有完全摆脱旧体诗翻译的影响。

（四）现代诗体翻译的尝试

1. 沈策的《万叶集》（选译本）

1979年8月，沈策的《万叶集》（选译本）由四平师范学院科研处和外语系印刷成册，这本非正式出版的选译本，选译了《万叶集》中的三百一十余首歌。译文的编排，分上下两编。上编是著名歌人的作品，按照万叶和歌发展的阶段顺序分为四期排列。下编是无名作者的作品和民歌，按照杂歌、相闻歌、挽歌、四季歌分类排列。

沈策在这部选译本的《引言》中指出：

> 奈良时期,日本的统治阶层中,也有人模写汉诗,合成了一部《怀风藻》。而另一方面,以磅礴的气势在日本固有文化的基础上形成起来的歌集,就是《万叶集》。和歌是日本诗,为和汉诗区别,因此称为和歌。(中略)万叶和歌是从日本古代民歌民谣的基础上逐步形成和发展起来的。

基于这样的认识,沈策自然而然地选择了现代诗体的翻译形式,他在《引言》中明确表明:

> 至于形式表现方面,我们力求用我国的口语,把万叶和歌的格调保存下来,以期读者通过译文对于原作的内容和形式也可得到一个统一完整的印象。

在此引用两首沈策译歌,以便读者了解其翻译形式。

①卷一·20
　　在紫草丛生
　　界标围绕的猎园
　　往来奔驰时
　　守园人看不见吗
　　你那样摆着衣袖

②卷三·278
　　志贺的渔夫

忙采海藻和熬盐

没有闲时候

因而也都顾不得

拿起木梳拢拢头

2. 金伟、吴彦的全译本《万叶集》

吴卫峰在关于谢六逸的研究论文中提出了非常重要的观点：

> 笔者在此介绍谢六逸的《日本文学史》是想说明使用现代汉语口语体翻译日本古典诗歌（尤其是和歌和俳句）不仅是可能的，而且有实际成功的先例。笔者感到不解的是，中国的言文一致运动以来，使用白话文，也就是现代口语来翻译包括日本古代诗歌在内的外国文艺作品是理所当然的事情，可是不知何时开始变成了只有日本古典诗歌使用文语体翻译的情况。五七五（七七）调、三五三（五五）调、五言四句、七言二句，这样的论调大行其道，应该说白话译（口语译）、文言译（文语译）、foreignization、domestication等，在翻译论和比较文学论层面上都是应该探讨的。可喜的是去年（2008年）人民文学出版社出版了金伟、吴彦的口语自由体译《万叶集》，可惜的是在《译序》中没有提及为何采用口语体译，但是感觉这是走出死胡同的最初一步。

在进入讨论之前，有必要简单地讨论一下关于诗体的概念。关于各种诗体的称呼，拙论前文中出现了各式各样的说法，在不同的论文中也有不同的说法，比如：文语译、口语译、白话体译、现代口语译等。旧体诗译和白话诗译，以及民国以后的现代诗体的分类是从汉语文体变迁史中得来的，旧体诗是指所有的中国古代的诗词典赋。"五四"以后，作为"言文一致"运动的成果，白话体被广泛使用。当时的口语体、自由体等叫法也保存下来，但是，1949年后，文语体和口语体的分类没有了，因此，拙论使用了现代诗体这个概念。

吴卫锋把谢六逸的和歌翻译誉为现代诗体翻译的开山之作是正确的，其实译者抱着和吴卫锋几乎相同的疑惑，从《日本古代歌谣集》开始着手日本和歌的翻译。2001年6月，在日本国际交流基金的资助下，春风文艺出版社出版了拙译《日本古代歌谣集》，在《译者序》中，译者介绍了日本学者关于歌谣的分类和咏唱形式等方面的研究成果，向读者介绍了和歌与歌谣的继承关系。在歌谣的翻译上侧重于展示歌谣的基本结构和联想形式等特征，用相对灵活的现代诗体翻译，比如下面两首：

①《古事记》歌谣·1

原歌：

　　八雲立つ　出雲八重垣
　　妻ごみに　八重垣作る
　　その八重垣を

译歌：

  祥云环绕的出云

  有八重围垣

  为了娶妻迎亲

  修建了八重围垣

  那八重围垣

②《古事记》歌谣·34
原歌：

  なづきの　田の稲幹に

  稲幹に　這ひ廻ろふ　薢葛

译歌：

  附近的田地上

  种植着水稻

  水稻的茎杆上

  缠绕着薯蓣蔓儿

以上两首短歌，①是对立形式的"脚韵式重复"，②是对立形式的"追尾式重复"，拙译保留了原歌的结构形式。（土桥宽注《日本古代歌谣集》）[1]

---

1. 土桥宽注《日本古代歌谣集》，《日本古典文学大系》（3），岩波书店1957年版。

关于和歌翻译的形式，首先要考虑外部要素的对应性，即符合其时代的文化特征。因此不应被字数限制，咏唱时体会情感的起伏和呼吸的节奏，通过诗歌整体的韵律安排长短句的配置。在充分体味万叶和歌文学特征的基础上，寻找相应的汉语表现形式。拙译尽量回避熟语以及习惯性的固定语义表达。大多数情况下，华丽的词藻对质朴的万叶和歌来说是额外的负担。比词汇更重要的是在译文中保留万叶和歌特有的表现方式及修辞法，比如枕词、序词和卦词等修辞形式。实在无法翻译的情况下应该添加注释说明，比如卷三·250里出现的枕词：

原歌：

玉藻刈る　敏馬を過ぎて
夏草の　野島が崎に　船近づきぬ

杨译：

摄津有敏马，
驶过坦如夷，
淡路行将至，
船临野岛崎。

金伟、吴彦译：

经过割海藻的敏马
船儿已经靠近了
夏草茂密的野岛崎

这里"玉藻刈る"和"夏草の"是写实性的枕词，表现了日本古代内海航路经常可以见到的风景。[1] 杨译因为旧体诗字数的限制给省略了，却又添加了"驶过坦如夷"和"淡路行将至"这两句原歌中不存在的内容。

万叶和歌中最难翻译的是文字游戏歌，用同音反复的方式加强律动感和声响效果。这里举一首为例。

原歌：

よき人の　よしとよく見て　よしと言ひし
（yoki—hito—no　yosi—to—yoku—mite　yosi—to—ihi—si）
吉野よく見よ　よき人よく見つ
（yosino—yoku—miyo　yoki—hito—yoku—mitu）

金伟、吴彦译：

好人站在好地方
说能好好看到好风光
好好看看吉野吧
好人要好好观赏

拙译使用十个"好"字，对应原歌中出现了九次的同音 yo，充分体现原歌的律动感和绕口令式的声响效果。

---

1. 林勉《和歌的修辞》《和歌的本质表现》，和歌文学讲座（一），樱枫社1983年版。

结语

以上，译者以《万叶集》为中心粗浅地回顾了和歌翻译的历史，在对各个时代的和歌翻译者的翻译观及其翻译实践进行考察的基础上，提出了存在的问题。

谢六逸的和歌翻译主要是伴随介绍日本文学史进行的，虽然数量比较少，但是其白话诗体的译文具有开创性的意义。谢六逸没有撰文阐述自己的翻译观，但是通过其翻译实践可以看出他的和歌翻译态度与周作人的较为接近。

Royall Tyler 在分析英语世界《源氏物语》的翻译形式时指出，译者应该使用自己使用起来最为便利、最能正确控制的语言来进行翻译。[1] 在考虑和歌翻译的外部条件之前，首先要掌握和歌自身的表现方式及其独特性，这一点在欧洲诗歌翻译实践中已经得到充分证明。从迄今为止的和歌翻译实践来看，旧体诗的局限性是显而易见的，必须探索和尝试新的方法。

金伟　吴彦

---

1. Royall Tyler，《英语圈中日本古典文学翻译的现状——以〈源氏物语〉中心》，《世界语境中的源氏物语》，北京日本学研究中心文学研究室编，2004年2月。

第二部分
《万叶集》作者及歌号索引

A

阿倍大夫：1772

阿倍女郎（安倍女郎）：269、505—506、514、516

阿闭皇女（元明天皇、天皇）：35、76

阿氏奥岛：824

安倍朝臣奥道：1642

安倍朝臣虫麻吕（阿倍朝臣虫麻吕）：665、672、980、1577—1578、1650

安倍朝臣丰继：1002

安倍广庭卿（阿倍广庭卿）：302、370、975、1423

（安倍朝臣继麻吕）大使：3656、3668、3700、3706、3708

安倍朝臣老人：4247

安倍朝臣子祖父：3838—3839

安部沙美麻吕朝臣：4433

安都扉娘子：710

安都宿祢年足：663

安贵王：306、534—535、1555

庵君诸立：1483

安宿奈杼麻吕：4472

安宿王：4301、4452

桉作村主益人：311、1004

B

B

八代女王：626

拔气大首：1767—1769

坂门人足：54

坂上忌寸人长：1679

板氏安麻吕：831

坂田部首麻吕：4342

婢：3857

鄙人：3808

弁基→春日藏首老

冰上大刀自→藤原夫人（2）

波多朝臣小足：314

播磨娘子：1776—1777

博通法师：307—309

C

采女：3807

椋椅部刀自卖：4416

椋椅部弟女：4420

仓桥部女王（椋桥部女王）：1613

草壁皇子→日并皇子尊

草娘：512

长忌寸娘：1584

长忌寸意吉麻吕（长忌寸奥麻吕、奥麻吕）：57、143—144、238、265、1673、3824—3831

常陆娘子：521

长田王：81—83、245—246、248

长屋王：75、268、300—301、1517

车持朝臣千年：913—916、931—932、950—953

车持氏：3811—3813

池边王：623

池田朝臣：3840

持统天皇（大后、太上天皇、天皇）：28、159—162、236

川岛皇子：34、1716

川上臣老：4376

船王：998、4257、4279、4449

川原：1737

川原虫麻吕：4340

吹芡刀自：22、490—491

淳仁天皇（皇太子）：4468

春日（春日藏首老？）：1717

春日部麻吕：4345

春日王（1）：243

春日王（志贵皇子之子）（2）：669

春日藏（春日藏首老？）：1719

春日藏首老（弁基）：56、62、282、284、286、298

茨田王（茨田）：4283

村氏彼方：840

D

大伴坂上大娘（大娘、大伴坂上家之大娘、坂上大娘）：581—584、729—731、735、737—738、1624

大伴坂上郎女（大伴郎女、大伴氏坂上郎女、大伴宿祢坂上郎女、坂上郎女）：379—380、401、410、460—461、525—529、563—564、585—586、619—620、647、649、651—652、656—661、666—667、673—674、683—689、721、723—726、760—761、963—964、979、982—983、992—993、995、1017、1028、1432—1433、1445、1447、1450、1474—1475、1484、1498、1500、1502、1548、1560—1561、1592—1593、1620、1651、1654、1656、3927—3930、4080—4081、4220—4221

大伴部广成：4382

大伴部节麻吕：4406

大伴部麻与佐：4392

大伴部小岁：4414

大伴部真足女（桧前舍人石前之妻）：4413

大伴部子羊：4394

大伴淡等（大伴旅人、主人、帅大伴卿、帅老、大纳言大伴卿、大宰帅大伴卿、中纳言大伴卿）：315—316、331—335、338—350、438—440、446、453、555、574—575、577、793、806—807、810—811、822、847—863、871—875、956—957、960—961、967—970、1473、1541—1542、1639—1640

大伴大夫（大伴宿祢三依）：552、578、650、690、819

大伴利上：1573

（大伴）留女之女郎：4184

大伴女郎：519

大伴卿（安麻吕？）：299

大伴清绳：1482

大伴宿祢（大伴宿祢安麻吕、大纳言兼大将军大伴卿）：101、299、517

大伴宿祢百代（伴氏百代）：392、559—562、566、823

大伴宿祢池主：1590、3944—3946、3949、3967—3968、3973—3975、3993—3994、3998、4003—4005、4008—4010、4073—4075、4128—4133、4295、4300、4459

大伴宿祢村上（大伴村上）：1436—1437、1493、4262—4263、4299

大伴宿祢稻公：1553

大伴宿祢东人：1034

大伴宿祢黑麻吕：4280

大伴宿祢家持（大伴家持、家持）：403、408、414、462、464—480、611—612、680—682、691—692、700、705、714—720、722、727—728、732—734、736、739—755、764—765、767—775、777—781、783—790、994、1029、1032—1033、1035—1037、1040、1043、1441、1446、1448、1462—1464、1477—1479、1485—1491、1494—1496、1507—1510、1554、1563、1565—1569、1572、1591、1596—1599、1602—1603、1605、1619、1625、1627—1632、1635、1649、1663、3853—3854、3900、3911—3913、3916—3921、3926、3943、3947—3948、3950、3953—3954、3957—3966、3969—3972、3976—3992、3995、3997、3999—4002、4006—4007、4011—4015、4017—4031、4037、4043—4045、4048、4051、4054—4055、4063—4064、4066、4068、4070—4072、4076—4079、4082—4086、4088—4127、4134—4183、4185—4199、4205—4208、4211—4219、4223、4225—4226、4229—4230、4234、4238—4239、4248—4251、4253—4256、4259、4266—4267、4272、4278、4281、4285—4292、4297、4303—4320、4331—4336、4360—4362、4395—4400、4408—4412、4434—4435、4443、4445、4450—4451、4453、4457、4460—4471、4474、4481、4483—4485、4490、4492—4495、4498、4501、4503、4506、4509、4512、4514—4516

大伴宿祢骏河麻吕（大伴宿祢骏河丸）：400、402、407、409、646、648、653—655、1438、1660

大伴宿祢千室：693、4298

（大伴宿祢清继）清继：4262—4263

大伴宿祢三中（副使）：443—445、3701、3707

大伴宿祢三林：1434

大伴宿祢三依→大伴大夫

大伴宿祢书持（大伴书持）：463、1480—1481、1587、3901—3906、3909—3910

大伴宿祢田主：127

大伴宿祢像见：664、697—699、1595

（大伴宿祢御行）大伴卿：4260

大伴奈麻吕宿祢：532—533

大伴四纲：329—330、571、629、1499

大伴田村大娘（大伴田村家之大娘、大伴田村家毛大娘）：756—759、1449、1506、1622—1623

大伯皇女（大来皇女）：105—106、163—166

大纲公人主：413

大监→大伴宿祢百代

大津皇子：107、109、416、1512

大纳言兼大将军（卿）→大伴宿祢安麻吕

大纳言藤原→藤原朝臣仲麻吕

大娘→大伴坂上大娘

大判官→壬生使主宇太麻吕

大使→阿倍朝臣继麻吕

大使之第二男：3659

大石蓑麻吕：3617

大舍人部祢麻吕：4379

大舍人部千文：4369—4370

大神朝臣奥守：3841

大神女郎：618、1505

大唐大使卿→多治比真人广成

大田部荒耳：4374

大倭：1763

大行天皇→文武天皇

大原高安真人→高安王

大原真人（门部王、大原真人今城、大原今城、大原今城真人）：1604、4436—4439、4442、4444、4459、4475—4480、4496、4505、4507

大原真人赤麻吕→忍坂王

大原樱井真人→樱井王

（大藏忌寸麻吕）小判官：3703

大宅（大宅女、丰前国娘子）：709、984

丹比部国人：4329

丹比大夫：3625—3626

丹比屋主真人：1031、1442

丹比真人：226、1609、1726

丹比真人国人（丹比国人真人）：382—383、1557、4446

丹比真人笠麻吕：285、509—510

丹比真人乙麻吕：1443

丹波大女娘子：711—713

但马皇女：114—116、1515

丹生女王：553—554、1610

丹生王（丹生女王？）：420—422

丹氏麻吕：828

当麻真人麻吕妻（当麻麻吕大夫妻）：43、511

稻公→大伴宿祢稻公

岛足：1724

道祖王：4284

多纪皇女：3098

多治比真人土作：4243

多治比真人鹰主：4262

E

额田王：7—9、16—18、20、112—113、151、155、488、1606

儿部女王（子部女王？）：3821

儿岛（筑紫娘子）：381、965—966

F

法师：3847

房前→藤原朝臣房前

防人之妻：3344—3345

飞鸟冈本御宇天皇→舒明天皇

丰岛采女：1026—1027

服部于由：4421

服部誉女：4422

妇人（1）：150

妇人（2）：3835

副使→大伴宿祢三中

G

甘南备伊香真人：4489、4502

高安仓人种麻吕：4240—4247

高安大岛：67

高安王（大原高安王、高安）：625、1504、3952

高宫王：3855—3856

高桥朝臣：481—483

高桥连虫麻吕：319—321、971—972、1497、1738—1760、1780—1781、1807—1811

高丘河内连：1038—1039

高市古人：32—33

高氏海人：842

高市皇子：156—158

高市连黑人（高市）：32—33、58、70、270—277、279—280、283、305、1718、4016

高氏老：841

高氏义通：835

高田女王：537—542、1444

岗本天皇（1）（齐明天皇）：485—487

岗本天皇（2）（舒明天皇）：1511、1664

葛城王→橘宿祢诸兄

葛井连大成（葛井大夫）：820

葛井连广成：962

葛井连子老：3691—3693

葛井连诸会：3925

弓削皇子：111、119—122、242、1467、1608

广河女王：694—695

广濑王（小治田广濑王）：1468

光明皇后→藤原皇后

桧隈女王：202

H

海犬养宿祢冈麻吕：996

海上王：531

河边朝臣东人：1440、1594、4224

河边宫人：228—229、434—437

河村王：3817—3818

贺茂女王：556、565、1613

河内百枝娘子：701—702

河内女王：4059

黑人妻：281

厚见王：668、1435、1458

后人（1）：1680—1681

后人（2）：520

后人（3）：871—875

槐本：1715

皇极天皇→齐明天皇

皇太子→天智天皇、天武天皇、淳仁天皇

荒氏稻布：832

皇子尊→日并皇子尊

皇子尊宫舍人→舍人

惠行：4204

J

忌部首：3832

忌部首黑麻吕：1008、1556、1647、3848

纪朝臣丰河：1503

纪朝臣鹿人：990—991、1549

纪朝臣男梶：3924

纪皇女（多纪皇女）：390、3098

纪女郎（纪少鹿女郎）：643—645、762—763、776、782、1452、1460—1461、1648、1661

纪卿（大宰大贰、男子？）：815

矶氏法麻吕：836

吉田连宜（宜）：864—867

榎井王：1015

榎氏钵麻吕：838

傔从：3890—3899

间人连老：3—4

间人宿祢：1685—1686

间人宿祢大浦：289—290

角朝臣广弁：1641

角麻吕：292—295

今城王→大原真人今城

今奉部与曾布：4373

津守宿祢小黑栖：4377

井户王：19

境部宿祢老麻吕：3907—3908

境部王：3833

镜王女：92、489、1419、1607

久米禅师：96、99、100

久米朝臣广绳：4050、4053、4201、4203、4209—4210、4222、4228、4231、4235、4252

久米朝臣继麻吕：4202

久米女郎：1459

久米女王：1538

巨曾倍朝臣津岛（巨曾倍对马朝臣）：1024、1576

巨势朝臣（巨势奈互麻吕朝臣）：4273

巨势朝臣丰人：3845

巨势朝臣宿奈麻吕（巨势宿奈麻吕朝臣）：1016、1645

巨势郎女：102

橘宿祢奈良麻吕（橘朝臣奈良麻吕）：1010、1581—1582

橘宿祢文成：1014

橘宿祢诸兄（葛城王、右大臣、左大臣、左大臣橘宿祢、左大臣橘卿）：1025、3922、4056、4270、4447—4448、4454—4456

绢：1723

骏河采女：507、1420

郡司妻女：4440—4441

军王：5—6

L

笠朝臣金村：230—234、364—367、369、543—548、907—912、920—922、928—930、935—937、950—953、1453—1455、1532—1533、1785—1789

笠朝臣麻吕（笠沙弥、沙弥满誓、满誓沙弥）：336、351、391、393、572—573、821

笠朝臣子君：4227—4228

笠缝女王：1611、1613

笠女郎：395—397、587—610、1451、1616

栗田大夫：817

栗田女王：4060

栗田女娘子：707—708

六鲭：3694—3696

鹿人（大夫）→纪朝臣鹿人

M

麻吕（柿本人麻吕？）：1725

马史国人：4458

麻田连阳春（麻田阳春）：569—570、884—885

麻续王：24

满誓（沙弥）→笠朝臣麻吕

门部连石足（门氏石足）：568、845

门部王：310、326、371、536、1013

命妇：4268

明日香川原宫御宇天皇→齐明天皇

明日香（清御原）宫（御宇）天皇→天武天皇

母：1790—1791

木梨轻皇子（木梨之轻太子）：3263

N

难波天皇妹：484

内藏忌寸绳麻吕（内藏伊美吉绳麻吕）：3996、4200

能登臣乙美：4069

尼：1653

娘子（1）：404、406、627

娘子（2）：633—634、637、639、641

娘子（3）：1457

娘子（4）：1778

娘子（5）（9人）：3794—3802

娘子（6）：3803

娘子（7）：3805

娘子（8）：3806

娘子（9）：3809

娘子（10）：3810

女之父母：3815

P

磐姬皇后：85—89

平群朝臣：3842

平群氏女郎：3931—3942

平群文屋朝臣益人：3098

蒲生娘子：4232

Q

妻（1）：1783

妻（2）：500

妻子：3860—3869

棋师：1224、1732—1733

乞食者：3885—3886

齐明天皇（后冈本宫御宇天皇）：485—487

秦忌寸八千岛：3951、3956

秦间满：3589

秦田麻吕：3681

秦许遍麻吕：1589

清继→大伴宿祢清继

清江娘子：69

轻太郎女：90

轻太子→木梨轻皇子

R

人（时人）：23

忍坂部志加麻吕：71

忍海部五百麻吕：4391

壬生使主宇太麻吕（大判官）：3612、3669、3674—3675、3702

日本根子高瑞日清足（元正天皇、姬天皇、太上天皇、太上皇、先太上皇）：973—974、1009、1637、4057—4058、4293、4437

日并皇子尊（草壁皇子）：110

日下部使主三中：4348

日下部使主三中之父：4347

日置长枝娘子：1564

日置少老：354

若宫年鱼麻吕：387—389、1429—1430

若麻续部羊：4359

若麻续部诸人：4350

若舍人部广足：4363—4364

若汤座王：352

若倭部身麻吕：4322

若樱部朝臣君足：1643

S

三岛王：883

三方沙弥（三形沙弥）：123、125、508、1027、2315、4227—4228

三国真人人足：1655

三国真人五百国：4016

三手代人名：1588

三形王（御方王）：4488、4511

三野连石守：1644、3890

三原王：1543

僧：1018

萨妙观命妇：4438、4456

沙弥：1469

沙弥满誓→笠朝臣麻吕

沙弥尼：1558—1559

沙弥女王：1763

膳部王（膳王）：954

山部王：1516

山部宿祢赤人（山部宿祢明人）：317—318、322—325、357—363、372—373、378、384、431—433、917—919、923—927、933—934、938—947、1001、1005—1006、1424—1427、1431、1471、3915

山背王：4473

山口女王：613—617、1617

山前王：423—425

山上臣忆良（忆良、山上、山上忆良、山上忆良臣、山上大夫）：
34、63、145、337、794—805、813—814、818、853—860、868—882、886—904、978、1518—1529、1537—1538、1716、3860—3869

山氏忌寸若麻吕（山口若麻吕）：567、827

山田史土麻吕：4294

商长首麻吕：4344

上古麻吕：356

上毛野牛甘：4404

舍人：171—193

舍人皇子（舍人亲王）：117、1706、4294

舍人吉年：152、492

舍人娘子：61、118、1636

神麻续部岛麻吕：4381

身人部王：68

神社忌寸老麻吕：976—977

生部道麻吕：4338

省部广岛：4393

圣德太子（上宫圣德皇子）：415

生石村主真人：355

圣武天皇（天皇、太上天皇）：530、624、973—974、1009、1030、

1539—1540、1615、1638、4269

生玉部足国：4326

柿本朝臣人麻吕：29—31、36—42、45—49、131—139、167—170、194—202、207—223、235、239—241、244、249—256、261—262、264、266、303—304、423、426、428—430、496—503、1068、1087—1088、1092—1094、1100—1101、1118—1119、1187、1247—1250、1268—1269、1271—1294、1296—1310、1682—1711、1720—1725、1761—1762、1773—1775、1782—1783、1795—1799、1812—1818、1890—1896、1996—2033、2094—2095、2178—2179、2234、2239—2243、2312—2315、2333—2334、2351—2362、2368—2516、2634、2808、2841—2863、3127—3130、3253—3254、3309、3417、3470、3481、3490、3611

柿本朝臣人麻吕妻（1）→依罗娘子

柿本朝臣人麻吕妻（2）：504

石川朝臣广成：696、1600—1601

石川朝臣吉美侯（石川朝臣君子、石川君子朝臣、石川少郎、少郎子）：247、278、2742

石川朝臣老夫：1534

石川朝臣水通：3998

石川朝臣足人：955

石川大夫：247

石川夫人：154

石川宫麻吕朝臣：247

石川贺系女郎：1612

石川郎女（1）：97—98

石川郎女（2）：108

石川女郎（3）：129

石川女郎（4）：126、128

石川郎女（石川命妇、邑婆）（5）：518、4439

石川年足朝臣：4274

石川女郎（6）：4491

石川卿：1728

石川少郎忌部首→石川朝臣吉美侯

石上朝臣乙麻吕（石上乙麻吕朝臣、石上乙麻吕卿、石上大夫）：368、374、1019—1023

石上朝臣宅嗣：4282

石上大臣：44

石上坚鱼朝臣：1472

石上卿：287

史氏大原：826

释通观（通观）：327、353

市原王：412、662、988、1007、1042、1546、1551、4500

矢作部真长：4386

守部王：999—1000

手持女王：417—419

舒明天皇（高市冈本宫御宇天皇、息长足日广额天皇、冈本天皇）：

2、1511、1664

帅（大伴卿、老）→大伴宿祢旅人

私部石岛：4385

穗积朝臣：3843

穗积朝臣老：288、3241

穗积皇子（穗积亲王）：203、1513—1514、3816

T

他田部子磐前：4407

他田广津娘子：1652、1659

他田日奉直得大理：4384

他田舍人大岛：4401

太上天皇→元正天皇、持统天皇、圣武天皇

太子→木梨轻皇子

汤原王：375—377、631—632、635—636、638、640、642、670、985—986、989、1544—1545、1550、1552、1618

藤井连：1779

藤原→藤原朝臣不比等、藤原仲麻吕朝臣

藤原北卿→藤原朝臣房前

藤原朝臣→藤原朝臣镰足、藤原仲麻吕朝臣

藤原朝臣八束（藤原八束朝臣）：398—399、987、1547、1570—1571、4271、4276

藤原部等母麻吕：4423

藤原朝臣房前（藤原北卿、藤原卿、房前）：522—524、812、1194—1195、1218—1222

藤原朝臣广嗣：1456

藤原朝臣镰足（藤原卿）：94—95

藤原朝臣久须麻吕：791—792

藤原朝臣清河：4241、4244

藤原朝臣执弓：4482

藤原夫人（1）（五百重娘）：104、1465

藤原夫人（2）（冰上娘）：4479

藤原皇后（光明皇后、藤皇后、藤原太后）：1658、4224、4240

藤原郎女：766

藤原麻吕大夫→藤原朝臣房前

藤原卿→藤原朝臣镰足、藤原朝臣仲麻吕、藤原朝臣房前

藤原永手朝臣：4277

藤原仲麻吕朝臣（藤原朝臣、主人卿）：4242、4487

藤原宇合（宇合卿、藤原宇合卿）：72

田边秋庭：3638

田边史福麻吕：1047—1067、1792—1794、1800—1806、4032—4036、4038—4042、4046、4049、4052、4061—4062

田部忌寸栎子：493—495

田口朝臣家守：1594

田口朝臣马长：3914

田口益人大夫：296—297

田氏肥人：834

田氏真人：839

天武天皇（明日香宫御宇天皇、天皇、皇太子）：21、25—27、103

天智天皇（天皇、中大兄）：13—15、91

调使首：3339—3343

调首淡海：55

通观→释通观

童女：706

土理宣令（刀理宣令）：313、1470

土氏百村：825

土师：4047、4067

土师稻足：3660

土师宿祢道良：3955

土师宿祢水通（土师氏御道）：557—558、843、3844

W

丸子部佐壮：4368

丸子连大岁：4353

丸子连多麻吕：4330

味稻：385

尾张连：1421—1422

文忌寸马养：1579—1580

文室智努真人：4257

文武天皇（轻皇子、天皇）：74

倭太后（太后）：147—149、153

倭文部可良麻吕：4372

物部刀自卖：4424

物部道足：4365—4366

物部广足：4418

物部古麻吕：4327

物部乎刀良：4356

物部龙：4358

巫部麻苏娘子：703—704

物部秋持：4321

物部岁德：4415

物部真岛：4375

物部真根：4419

屋主真人→丹比屋主真人

X

狭野弟上娘子：3723—3726、3745—3753、3767—3774、3777—3778

县犬养宿祢持男：1586

县犬养宿祢吉男：1585

县犬养宿祢人上：459

（县犬养宿祢三千代）县犬养命妇：4235

县犬养娘子：1653

先太上皇→元正天皇

小弁：305、1719、1734

小长谷部笠麻吕：4403

小鲷王：3819—3820

小鹿→纪女郎

消奈行文大夫：3836

小田事：291

小野老朝臣（小野大夫）：328、816、958

小野氏国坚：844

小治田朝臣东麻吕：1646

小治田朝臣广耳：1476、1501

刑部虫麻吕：4339

刑部垂麻吕：263、427

刑部志加麻吕：4390

刑部直千国：4357

刑部直三野：4349

雄略天皇（泊濑朝仓宫御宇大泊濑幼武天皇、天皇）：1、1664

玄胜：3952

雪连宅满（雪宅麻吕）：3644

Y

鸭君足人：257—260

野氏宿奈麻吕：833

伊保麻吕：1735

忆良大夫之男（山上臣）：4065

侬罗娘子：140、224—225

役民：50

邑婆→石川郎女（5）

衣通王→轻太郎女

奄君诸立→庵君诸立

樱井王（大原樱井真人）：1614、4478

右兵卫：3837

右大臣→橘宿祢诸兄

有度部牛麻吕：4337

有间皇子：141—142

游行女妇：1492

宇迟部黑女（椋椅部荒虫之妻）：4417

玉槻：3704—3705

宇合卿→藤原朝臣宇合

羽栗：3640

御名部皇女：77

余明军：394、454—458、579—580

宇努首男人：959

誉谢女王：59

玉作部广目：4343

玉作部国忍：4351

园臣升羽之女：124

缘达师：1536

圆方女王：4477

元仁：1720—1722

Z

占部虫麻吕：4388

占部广方：4371

占部小龙：4367

丈部川相：4324

丈部稻麻吕：4346

丈部黑当：4325

丈部鸟：4352

丈部山代：4355

丈部与吕麻吕：4354

丈部造人麻吕：4328

丈部真麻吕：4323

丈部直大麻吕：4389

丈部足麻吕：4341

丈部足人：4383

长皇子：60、65、73、84、130

张氏福子：829

朝仓益人：4405

振田向宿祢：1766

志斐妪：237

志贵皇子：51、64、267、513、1418、1466

智奴王→文屋智努真人

志氏大道：837

置始东人：66、204—206

置始连长谷：1594、4302

中臣部足国：4378

中臣朝臣东人：515

中臣朝臣清麻吕（中臣麻吕朝臣）：4258、4296、4497、4499、4504、4508

中臣朝臣武良自：1439

中臣朝臣宅守：3727—3744、3754—3766、3775—3776、3779—3785

中臣女郎：675—679

中大兄→天智天皇

中皇命：3—4、10—12

竹取翁：3791—3793

壮士（1）（2人）：3786—3787

壮士（2）（3人）：3788—3790

壮士（3）：3804

壮士（4）：3814

椎野连长年：3822—3823

子部王（儿部女王？）：1515

佐保大纳言（大伴）卿→大伴宿祢安麻吕

佐伯宿祢东人：622

佐伯宿祢东人妻：621

佐伯宿祢赤麻吕：405、628、630

左大臣→橘宿祢诸兄、长屋王

佐氏子首：830

参考文献：

《作者类别年代顺万叶集》泽泻久孝、森本治吉
（新潮社1932年版；新潮文库1936年版；艺林舍1976年再版）

《万叶集》（日本古典文学全集）小岛宪之、木下正俊、佐竹昭广
（小学馆1971—1975年版）

《日本古代人名辞典》竹内理三、山田英雄、平野邦雄
（吉川弘文馆1958—1977年版）

《万叶集事典》辰巳正明、日吉盛幸
（有精堂1975年版）

《必携万叶集要览》樱井满监修
（樱枫社1976年版）

《万叶集必携（别册国文学NO.3）》稻冈耕二编
（学灯社1979年版）

《万叶集歌人事典》1册，大久间喜二郎、森淳司、针原孝之编
（雄山阁1982年版）

《日本古代氏族人名辞典》坂本太郎、平野邦雄
（吉川弘文馆1990年版）

《万叶集事典》稻冈耕二、岩下武彦
（学灯社1993年版）

《万叶事始》毛利正守、坂本信幸编
（和泉书院1995年版）

第三部分
《万叶集》年表

仁德天皇二年	314年	3月8日，磐姫立后。	*85—89[1]
允恭天皇二十四年	435年	6月，轻太子与同母妹轻大郎女通，流放伊予。	*90
雄略天皇元年	457年	11月，雄略天皇即位。	*1
推古天皇元年	593年	4月10日，厩户皇子立为太子摄政（圣德太子）。	
推古天皇十一年	603年	12月5日，制定冠位十二阶。	
推古天皇十二年	604年	4月3日，颁布宪法十七条。	
推古天皇二十一年	613年	12月1日，圣德太子游片冈。	*415；《日本书纪》歌谣104
推古天皇二十八年	620年	圣德太子、苏我马子等记录天皇记、国记、臣连伴造百八十部公民等本记。	
推古天皇二十九年	621年	2月5日，圣德太子薨。	
舒明天皇元年	629年	1月4日，田村皇子即位（舒明天皇）。	
舒明天皇二年	630年	10月12日，迁居飞鸟冈旁（冈本官）。	
舒明天皇十一年	639年	12月14日，行幸伊予温泉。	*5—6左注

---

1. 为关联歌，*为《万叶集》歌号。下同。

舒明天皇十三年	641年	10月9日，舒明天皇崩。
皇极天皇元年	642年	1月15日，宝皇后即位（皇极天皇）。
皇极天皇二年	643年	4月28日，迁居飞鸟板盖宫。
孝德天皇大化元年	645年	6月8—13日，中大兄皇子、中臣镰足等灭苏我虾夷；6月14日，轻皇子即位（孝德天皇），中大兄皇子立为太子；9月12日，古人大兄皇子谋反被发觉；12月9日，迁都难波长柄丰崎宫。
孝德天皇大化二年	646年	颁布大化改新诏令。
孝德天皇大化五年	649年	3月26日，因为苏我仓山田石川麻吕的责难被讨，女儿造媛（皇太子妃）哀伤而死。　　《日本书纪》歌谣113—114
孝德天皇白雉四年	653年	皇太子中大兄皇子带领皇极上皇、间人皇后、大海人皇子等移至倭飞鸟河边行宫。　　《日本书纪》歌谣115
孝德天皇白雉五年	654年	10月10日，孝德天皇在难波宫崩。
齐明天皇元年	655年	1月3日，皇极上皇在飞鸟板盖宫即位（齐明天皇）。
齐明天皇二年	656年	迁居后飞鸟冈本宫。
齐明天皇四年	658年	5月，建王（齐明之孙）薨（8岁）。《日本书纪》歌谣116—118 10月15日—翌年1月3日，行幸纪伊的牟娄温泉。　　《日本书纪》歌谣119—121 11月3—11日，有间皇子谋反，在纪伊藤白坂被绞死（19岁）。　　*141—146
齐明天皇七年	661年	1月6日，天皇由海路启程西征。　　*5—6、8、13—15 7月24日，齐明天皇在筑前朝仓宫崩（68岁），皇太子称制。
天智天皇二年	663年	8月28日，白村江之战大败；9月7日，百济灭亡。
天智天皇四年	665年	2月25日，间人皇太后薨。
天智天皇六年	667年	3月19日，迁都近江大津宫。　　*17—18
天智天皇七年	668年	1月3日，皇太子中大兄皇子即位（天智天皇）；5月5日，游猎蒲生野。　　*20—21

天智天皇八年	669年	10月15日，赐中臣镰足大织冠、大臣，赐姓藤原；16日，内大臣藤原（中臣）镰足薨（56岁）。
天智天皇九年	670年	2月，完成庚午年籍。
天智天皇十年	671年	9月，天皇不豫；19日，大海人皇子赴吉野修道。　*25—26 12月3日，天皇崩（46岁？） 　　　　　　　　　　　　*147—155；《日本书纪》歌谣126—128
天武天皇元年	672年	5月—7月26日，壬申之乱。 在冈本宫的南边建造宫殿（飞鸟净御原宫）。　*4260—4261
天武天皇二年	673年	2月27日，大海人皇子在飞鸟新宫即位（天武天皇），鸬野皇女（持统）立后。
天武天皇三年	674年	10月9日，大伯皇女任伊势斋宫。
天武天皇四年	675年	2月13日，十市皇女、阿闭皇女参拜伊势神宫。　*22 4月18日，麻续王流放因幡。　*23—24
天武天皇七年	678年	4月7日，十市皇女急死（31岁）。　*156—158
天武天皇八年	679年	5月5—9日，行幸吉野；6日，天武异母皇子们在吉野盟誓。　*25—27
天武天皇九年	680年	人麻吕写七夕歌？　*2033
天武天皇十年	681年	2月25日，草壁皇子立为太子；3月17日，命川岛、忍壁皇子以下编撰帝纪、旧辞。
天武天皇十二年	683年	7月5日，镜姬王薨。
天武天皇十三年	684年	10月1日，制定八色之姓。
持统天皇朱鸟元年	686年	9月9日，天武天皇崩（56岁？），皇后称制。 9月11日，在南庭建殡宫，到持统二年11月11日，举行了两年三个月的殡宫礼。　*159—161 10月2日，大津皇子谋反被发觉；3日，大津皇子被处死（24岁）；妃山边皇女殉死。　*105—106、416 11月16日，伊势斋宫大伯皇女还京。　*163—166

持统天皇三年	689年	4月13日，皇太子草壁皇子薨（28岁）。　　　　*167—193 行幸吉野（1月18—21；8月4日）。
持统天皇四年	690年	1月1日，鸬野皇后即位（持统天皇）；7月5日，高市皇子任太政大臣；9月13—24日，行幸纪伊。　*34—35 行幸吉野（2月17日，5月3日，8月4日，10月5日，12月12—14日）。*36—39（可能是2月和5月行幸时，人麻吕作的吉野赞歌）
持统天皇五年	691年	9月9日，川岛皇子薨（35岁）。　　　　　　*194—195 行幸吉野（1月16—23日，4月16—22日，7月3—12日，10月13—20日）。
持统天皇六年	692年	3月6—20日，行幸伊势，大三轮高市麻吕谏言。　*40—44 行幸吉野（5月12—16日，7月9—28日，10月12—19日）。
持统天皇七年	693年	8月1日，行幸藤原宫领地。　　　　　　　　　　　*50 9月10日，为天武天皇举行无遮大会。　　　　　*162 行幸吉野（3月6—13日，5月1—7日，7月7—16日，8月17—21日，11月5—10日）。
持统天皇八年	694年	4月5日，赠筑紫大宰率河内王净大肆，赐赙物（死之前）。　　　　　　　　　　　　　　　　　　　*417—419 8月21日，行幸藤原宫；12月6日，迁都藤原宫。 　　　　　　　　　　　　　　　　　　　　　*51、4258 行幸吉野（1月24日，4月7—14日，9月4日）。
持统天皇九年	695年	行幸吉野（闰2月8—15日，3月12—15日，6月18—26日，8月24—30日，12月5—13日）。
持统天皇十年	696年	7月10日，高市皇子薨（43岁？）。　　　　*199—202 行幸吉野（2月3—13日，4月28日—5月4日，6月18—26日）。
文武天皇元年	697年	2月28日，轻皇子立为太子；4月7—14日，行幸吉野（持统在位时的第31次）；8月1日，让位于皇太子轻皇子；皇太子即位（文武天皇）。

文武天皇三年	699年	1月27日—2月22日，行幸难波。　　　　　*66—69、238 7月21日，弓削皇子薨。　　　　　　　　　　*204—206 9月25日，新田部皇女薨；12月3日，大江皇女薨。
文武天皇四年	700年	3月10日，僧道昭入灭，在栗原火葬（据说火葬由此开始）；4月4日，飞鸟皇女薨。　　　　　　　　*196—198
文武天皇大宝元年	701年	2月20—27日，行幸吉野；6月8日，宣布大宝令；6月29日—7月10日，持统上皇行幸吉野；8月3日，大宝律令完成；9月18日—10月19日，行幸纪伊。 　　　　　　　　　　　　　　*54—56、146、1667—1681 12月27日，大伯皇女薨（41岁）。
文武天皇大宝二年	702年	6月29日，遣唐使出发（庆云元年7月1日归朝，山上忆良同行？）　　　　　　　　　　　　　　　　*62—63 7月11日，行幸吉野；10月10日—11月25日，持统上皇行幸参河。　　　　　　　　　　　　　　　　　　*57—61 12月22日，持统上皇崩（58岁）。
文武天皇大宝三年	703年	12月17日，在飞鸟冈火葬持统上皇。
文武天皇庆云二年	705年	5月8日，忍壁皇子薨；12月20日，葛野王卒（41岁？）。
文武天皇庆云三年	706年	9月25日—10月12日，行幸难波。　　*64—65、71—73
文武天皇庆云四年	707年	6月15日，文武天皇崩（25岁）；7月17日，草壁妃阿闭皇女即位（元明天皇）。
元明天皇和铜元年	708年	5月30日，美努王卒。　　　　　　　　*3327—3328 6月25日，但马皇女薨。　　　　　　　　　　　*203 11月25日，赐县犬养三千代橘宿祢姓。
元明天皇三年	710年	3月10日，迁都平城京。　　　　　*78—80、257—260
元明天皇五年	712年	1月28日，太安万侣撰成古事记。
元明天皇六年	713年	5月2日，下令撰风土记。
元明天皇七年	714年	5月1日，大纳言兼大将军大伴安麻吕薨；6月25日，首皇子元服。

元正天皇灵龟元年	715年	6月4日,长皇子薨;7月27日,穗积皇子薨;9月2日,冰高皇女即位(元正天皇);9月,志贵皇子薨。 *230—234
元正天皇养老元年	717年	2月,11—20日,行幸难波宫、和泉宫、竹原井顿宫;9月11—28日,行幸美浓。
元正天皇养老二年	718年	2月7日—3月3日,行幸美浓。 完成养老律令。
元正天皇养老三年	719年	7月13日,初设按察使,常陆守藤原宇合统领安房、上总、下总。 *1738—1739、1757—1760、1807—1808
元正天皇养老四年	720年	2月,隼人反乱;3月4日,大伴旅人任征隼人持节大将军;5月,《日本书纪》完成;8月3日,右大臣藤原不比等薨(63岁)。
元正天皇养老五年	721年	12月7日,元明上皇崩(61岁)。 《常陆国风土记》完成。
元正天皇养老六年	722年	1月20日,穗积老流放佐渡岛。 *3240—3241
元正天皇养老七年	723年	5月9—13日,行幸吉野。 *907—916
圣武天皇神龟元年	724年	2月,让位于皇太子首皇子;皇太子即位(圣武天皇)。 3月1—5日,行幸吉野。 *315—316、923—927 10月5—23日,行幸纪伊。 *543—545、917—919
圣武天皇神龟二年	725年	3月,行幸瓮原。 *546—548 5月,行幸吉野。 *920—922 10月10日,行幸难波。 *928—934
圣武天皇神龟三年	726年	10月7—29日,行幸播磨国印南野(《万叶集》中为9月15日)。 *935—947 10月26日,藤原宇合知造难波宫事。 *312、1747—1752 山上忆良任筑前守。
圣武天皇神龟四年	727年	年末,大伴旅人赴任大宰帅?
圣武天皇神龟五年	728年	大伴旅人之妻亡。 *438—440、446—453、1472—1473 7月21日,山上忆良作日本挽歌、嘉摩郡三部。 *794—805

圣武天皇天平元年	729年	2月10—12日，左大臣长屋王之变；8月10日，藤原光明子立为后。
圣武天皇天平二年	730年	1月13日，大伴旅人在大宰府官邸举行梅花宴。　　　　　　*815—846 9月28日，停止诸国的防人。 12月，大伴旅人归京。　　　　*568—571、965—968
圣武天皇天平三年	731年	7月25日，大纳言大伴旅人薨（67岁）。　　*454—459
圣武天皇天平四年	732年	8月17日，任命多治比广成等为遣唐使，同时任命藤原宇合为东海、东山、山阴、西海道节度使。　*971—974
圣武天皇天平五年	733年	1月11日，县犬养橘三千代薨；2月，《出云风土记》完成；4月3日，遣唐使出航。　*1790—1791、4245—4247 6月3日，山上忆良作《沉疴自哀文》等。　　*897—903 此后，山上忆良卒（74岁）？　　　　　　　　*978
圣武天皇天平六年	734年	2月1日，天皇在朱雀门观看歌垣。　　　　　*996 3月10—19日，行幸难波。　　　　　*997—1002 7月7日，开始在南苑赋七夕诗。
圣武天皇天平七年	735年	3月10日，遣唐使多治比广成归朝；9月30日，新田部皇子薨；11月14日，舍人皇子薨（60岁）。
圣武天皇天平八年	736年	4月17日，遣新罗使等拜朝。　　　　*3578—3722 6月27日—7月13日，行幸吉野。　　*1005—1006 11月17日，葛城王（橘诸兄）、佐为王（橘左为）等赐姓橘宿祢。　　　　　　　　*1009—1010
圣武天皇天平九年	737年	春，疫疮大流行，藤原四兄弟（房前、麻吕、武智麻吕、宇合）等多数高官死亡。
圣武天皇天平十年	738年	1月13日，阿倍内亲王立为太子。 10月17日，橘奈良麻吕结集宴歌，此时大伴家持为内舍人。　　　　　　　　　　　　　*1581—1591

圣武天皇天平十一年	739年	3月28日，石上乙麻吕流放土佐国。　　*1019—1023 6月，家持妾亡，咏悲伤歌。　　　　　*462—474
圣武天皇天平十二年	740年	6月15日，大赦（中臣宅守没被赦免）。　*3723—3785 9月3日，藤原广嗣反乱；10月29日—12月15日，圣武天皇巡行东国。　　　　　　　　　*1029—1036 12月15日，幸恭仁京建都。 　　　　　　　*1037、1050—1058、3907—3908
圣武天皇天平十四年	742年	1月5日，废除大宰府（天平十五年恢复）。
圣武天皇天平十五年	743年	5月5日，皇太子阿倍内亲王跳五节舞。 　　　　　　　　　　　　《续日本书纪》歌谣2—4 5月27日，制定垦田永年私财法；10月15日，发愿铸造大佛。
圣武天皇天平十六年	744年	闰1月11日，行幸难波；13日，安积皇子在恭仁宫薨（17岁）。　　　　　　　　　　　　　*475—480 2月26日，定难波宫为皇都。
圣武天皇天平十七年	745年	1月1日，以紫香乐宫为新京；5月11日，都城迁回平城宫；6月5日，恢复大宰府。
圣武天皇天平十八年	746年	6月21日，大伴家持为越中守。　　　　*3927—3928 9月，大伴书持殁。　　　　　　　　　*3957—3959
圣武天皇天平二十年	748年	3月23日，大伴家持迎接橘家的使者田边福麻吕。 　　　　　　　　　　　　　　　　　　*4032—4055 4月21日，元正上皇崩（69岁）。
孝谦天皇天平感宝元年	749年	2月22日，陆奥初献黄金。 4月1日，行幸东大寺。　　　　《续日本书纪》歌谣5
孝谦天皇天平胜宝元年	749年	4月14日，改元天平感宝；5月12日，大伴家持作歌贺出金诏书。　　　　　　　　　　　　*4094—4097 7月2日，让位于皇太子阿倍亲王；皇太子即位（孝谦天皇）；改元天平胜宝。

孝谦天皇天平胜宝二年	750年	3月1—2日，大伴家持作越中秀吟。　*4139—4150 9月24日，任命藤原清河、大伴古麻吕为遣唐使。 　　　　　　　　　　　*4240—4244、4262—4265
孝谦天皇天平胜宝三年	751年	1月25日，多纪皇女薨；8月5日，大伴家持任少纳言，踏上归京的旅途。　　　　　　*4248—4253 11月，《怀风藻》完成。
孝谦天皇天平胜宝四年	752年	4月9日，大佛开眼。
孝谦天皇天平胜宝五年	753年	2月23—25日，大伴家持的代表作。　*4290—4292 7月，文室智努立佛足石歌碑。
孝谦天皇天平胜宝六年	754年	4月5日，大伴家持任兵部少辅。
孝谦天皇天平胜宝七年	755年	2月，防人换防。　　　　　　　　　*4321—4432
孝谦天皇天平胜宝八年	756年	2月2日，左大臣橘诸兄辞职；5月2日，圣武上皇崩（56岁）；道祖王立为太子；5月10日，大伴古慈雯因谗言被解任。　　　　　　　　　*4465—4467
孝谦天皇天平宝字元年	757年	1月6日，橘诸兄薨（74岁）；3月29日，废皇太子道祖王；4月4日，大炊王立为太子；5月20日，施行养老律令；7月2日，橘奈良麻吕之变。
淳仁天皇天平宝字二年	758年	6月16日，大伴家持任因幡守。　　　　　　*4515 8月1日，让位于皇太子大炊王（淳仁天皇）。
淳仁天皇天平宝字三年	759年	1月1日，大伴家持在因幡国厅行宴。*4516（万叶最后的歌）
淳仁天皇天平宝字四年	760年	1月4日，任命惠美押胜（仲麻吕）为太师（太政大臣）；6月7日，光明皇太后崩（60岁）。
淳仁天皇天平宝字七年	763年	8月18日，废除仪凤历，启用大衍历。

淳仁天皇天平宝字八年	764年	9月11—18日，藤原仲麻吕反乱；18日，仲麻吕败死（59岁）；10月9日，废淳仁天皇，流放淡路；孝谦天皇即位（称德天皇）。
称德天皇天平神护元年	765年	10月23日，淳仁天皇薨（33岁）；闰10月2日，道镜任太政大臣禅师。
称德天皇神护景云四年 光仁天皇宝龟元年	770年	8月4日，称德天皇崩（52岁）；白璧王立为太子；21日，道镜被流放下野；10月1日，白璧王即位（光仁天皇）。
光仁天皇宝龟二年	771年	1月23日，他户亲王立为太子；10月27日，武藏国所属的东山道改为东海道。
光仁天皇宝龟三年	772年	3月2日，废井上内亲王；5月27日，废他户亲王；5月，歌经标式完成。
光仁天皇宝龟四年	773年	1月？山部亲王立为太子。
桓武天皇天应元年	781年	1月1日改元；4月3日让位；山部亲王即位（桓武天皇）；4日，早良亲王立为太子；12月23日，光仁天皇崩（73岁）。
桓武天皇延历四年	785年	8月28日，中纳言大伴家持殁（68岁）；9月23日，藤原种继被暗杀；24日，大伴继人、竹良等被检举；24日，家持连座；10月8日，废皇太子早良亲王（送往淡路途中绝命）；11月25日，安殿亲王立为太子。
桓武天皇延历十三年	794年	8月13日，《续日本记》卷21—34完成；10月22日，迁都平安京。
桓武天皇延历十九年	800年	7月23日，早良亲王被追称为崇道天皇；复称井上内亲王为皇后。

| 平城天皇大同元年 | 806年 | 3月17日，敕令大伴家持等复位，敕后，桓武天皇崩（70岁）。5月18日，安殿亲王即位（平城天皇）。 |
| 平城天皇大同二年 | 807年 | 2月，《古语拾遗》完成。 |

参考文献：

《**万叶事始**》（万叶事始年表）毛利正守、坂本信幸
（和泉书院2006年版）

第四部分
日本古代官制、官位表

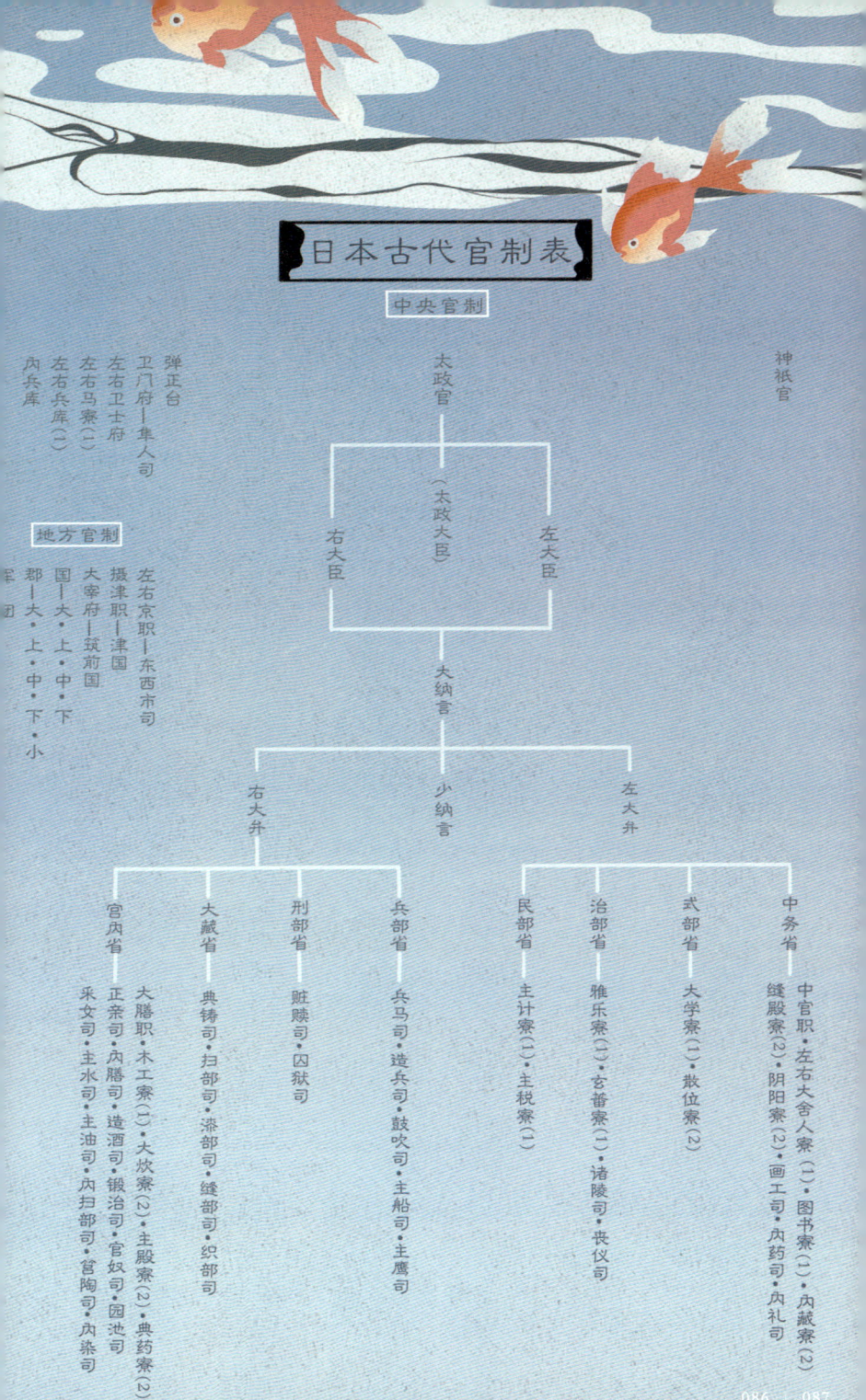

日本古代官制表

中央官制

```
                              太政官
                           （太政大臣）
              右大臣                      左大臣
                              大納言
         右大弁          少納言          左大弁
```

- 中务省 — 中官职・左右大舍人寮(1)・图书寮(1)・内藏寮(1)・缝殿寮(2)・阴阳寮(2)・画工司・内药司・内礼司
- 式部省 — 大学寮(1)・散位寮(2)
- 治部省 — 雅乐寮(1)・玄蕃寮(1)・诸陵司・丧仪司
- 民部省 — 主计寮(1)・主税寮(1)
- 兵部省 — 兵马司・造兵司・鼓吹司・主船司・主鹰司
- 刑部省 — 赃赎司・囚狱司
- 大藏省 — 典铸司・扫部司・漆部司・缝部司・织部司
- 宫内省 — 大膳职・木工寮(1)・大炊寮(2)・正亲司・内膳司・造酒司・锻冶司・官奴司・园池司・采女司・主水司・主油司・内扫部司・筥陶司・内染司・典药寮(2)

神祇官

弹正台
卫门府 — 隼人司
左右卫士府
左右马寮(1)
左右兵库(1)
内兵库

地方官制

左右京职 — 东西市司
摄津职 — 津国
大宰府 — 筑前国
国 — 大・上・中・下
郡 — 大・上・中・下・小
军团

日本古代官位表

位	厅	神祇官	太政官	中务省	七省	职·坊	寮(1)	寮(2)	司·监·署	弹正台	府	太宰府	国	勋位
亲王一品 正一位 从一位			太政大臣											
亲王二品 正二位 从二位			左右大臣											
亲王三四品			大纳言	卿	卿							帅		
正三位			大纳言											一等
从三位												帅		二等
正四位	上			卿		皇太子傅								
	下				卿									三等
从四位	上		左右大弁							尹				
	下	伯				大夫								四等
正五位	上		左右中弁	大辅		摄津大夫 大膳大夫 左右京大夫					左右卫士督 卫门督	大贰		
	下		左右少弁		大判事 大辅					弼				五等
从五位	上			少辅			头				左右兵卫督		大国守	
	下	大副	少纳言	太监物 侍从	少辅	皇太子学士 亮		头			左右卫士佐 卫门佐	少贰	上国守	六等
正六位	上	少副	大史	大内记					正	大忠				
	下			大丞	中判事 大丞		大学博士 助	侍医	正	少忠	左右兵卫佐	大监 大介	中国守	七等
从六位	上	大祐		中监物 少丞	少丞	大进		助	正			少监	上国介	
	下	少祐		大主钥 少判事		摄津大进 大膳大进 左右京大进 少进			主鹰正		左右卫士大尉 卫门大尉	大判事	下国守	八等

位	厅	神祇官	太政官	中务省	七省	职·坊	寮(1)	寮(2)	司·监·署	弹正台	府	太宰府	国	勋位
从七位	上		少史 大外记	大录 大内记	大录	摄津少进 大膳少进 左右京少进		大主钥 内藏		大疏	左右卫士少尉 卫门少尉	防人正 大典 少判事 大工		
	下			太大令 少监物	判事大属	主果饼 主酱	助教 大允	天文博士 阴阳博士 医博士		巡察	左右兵卫大尉	主神	大国大掾	九等
正八位	上		少外记				算博士 书博士 音博士 少允	咒禁博士 历博士 阴阳师 允			左右兵卫少尉		上国掾 大国少掾	
	下			大典钥	少主钥 大解部			针博士 漏刻博士 医师	佑			博士		十等
从八位	上			少主令 少录 小内记	典钥 典厩 少录			药园师 针师 咒禁师 少主钥	佑	少疏		少典·阴阳师 医师·少工 防人佑 主船·主厨	中国掾	
	下	大史			判事少属 刑部中解部 治部大解部		大属	按摩博士	佑		医师 左右卫士大志 卫门大志			十一等
大初位	上	少史		少典钥		马医 雅乐诸师 大属		按摩师			左右兵卫医师 左右卫士大志 左右兵卫大志 卫门少志		大国大目	
	下				刑部少解部 治部少解部		少属	大属			左右兵卫少志		大国少目 上国目	十二等
大初位	上						少属	画师 令使 大令使				大令使 判事		
	下							挑文师 少令使				防人令使 少令使 判事	中国目	
少初位	上							染师 令师					下国目	
	下							令史 主鹰						

第五部分
天皇家系、氏系图

茅渟王
├─ 皇极天皇 齐明天皇
└─ 孝德天皇 ── 有间皇子

新田部皇子
穗积皇子
忍壁皇子
弓削皇子
矶城皇子 ── 山前王
十市皇女 ── 上道王
大伯皇女
但马皇女
纪皇女
泊濑部皇女 ── 广河女王
多纪皇女 ── 樱井王
　　　　　　门部王
○ 酒人女王

天皇家系图

```
钦明天皇 ─┬─ 敏达天皇 ─┬─ 押坂彦人大兄皇子 ─── 舒明天皇 ─┬─ 古人大兄皇子 ─── 倭姬王（倭大后）
         │             └─ 难波皇子                          │
         ├─ 用明天皇 ─── 圣德太子                            ├─ 天智天皇 ─┬─ 大友皇子（弘文天皇）─┬─ 葛野王 ─── 池边王 ─── 淡海三船
         ├─ 崇峻天皇                                         │           ├─ 川岛皇子
         └─ 推古天皇                                         │           ├─ 志贵皇子 ─┬─ 春日王
                                                             │           │           └─ 安贵王 ─── 市原王
                                                             │           ├─ 大田皇女
                                                             │           ├─ 统持天皇 ─── 光仁天皇 ─┬─ 桓武天皇 ─── 平城天皇
                                                             │           │                       └─ 早良皇子（崇道天皇）
                                                             │           ├─ 御名部皇女 ─── 海上女王
                                                             │           ├─ 明日香皇女
                                                             │           ├─ 大江皇女
                                                             │           ├─ 元明天皇 ─── 汤原王
                                                             │           ├─ 新田部皇女
                                                             │           └─ 山边皇女
                                                             └─ 天武天皇 ─┬─ 高市皇子 ─── 长屋王 ─┬─ 膳部王
                                                                         │                     └─ 加茂女王
                                                                         ├─ 草壁皇子 ─┬─ 文武天皇 ─── 圣武天皇 ─┬─ 基皇子
                                                                         │           │                       └─ 安积皇子
                                                                         │           └─ 元正天皇
                                                                         └─ 大津皇子
```

大伴氏系图

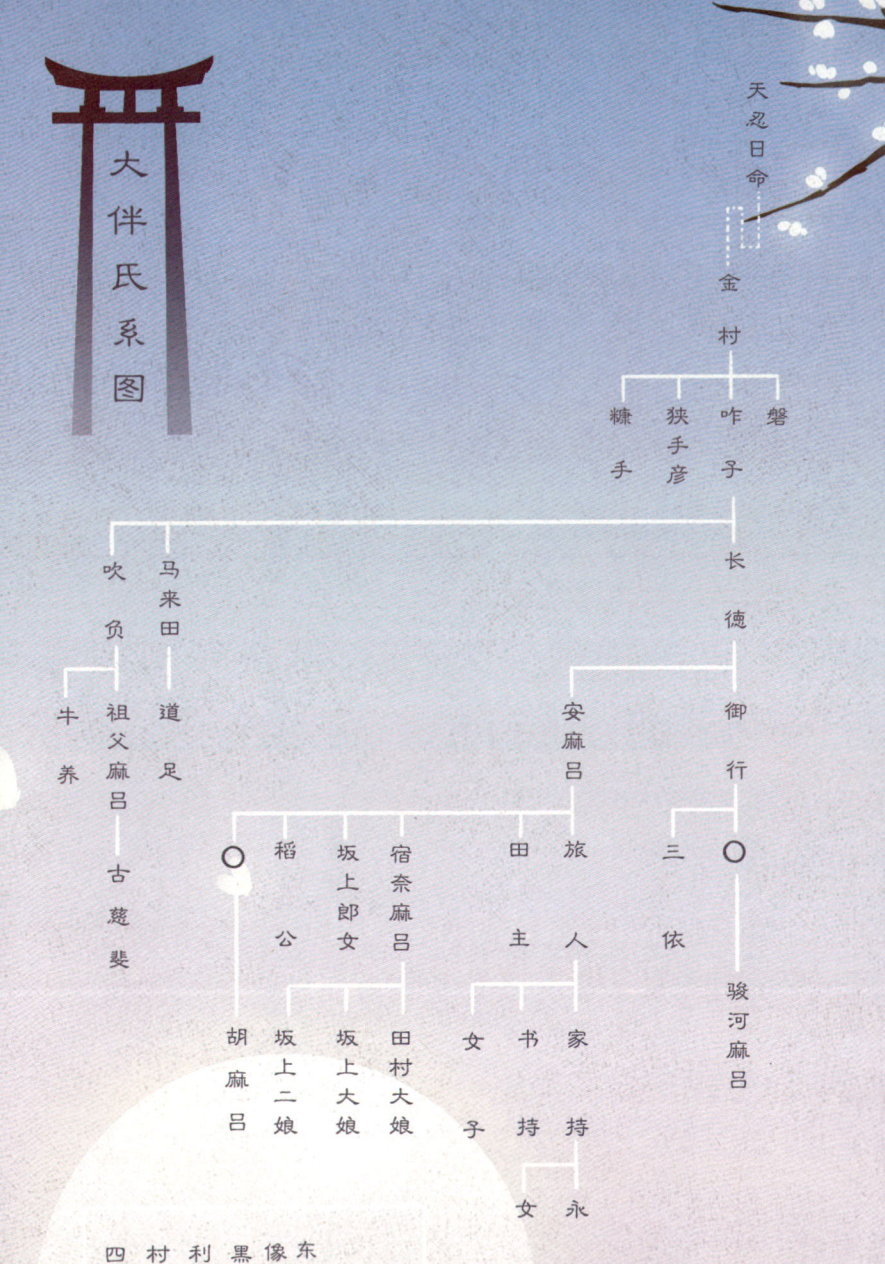

```
天忍日命
  │
  金村
  ├─────┬─────┬─────┐
  糠手  狭手彦 咋子  磐
            │
           长德
            ├──────────┐
           安麻吕      御行
            ├────┐    ├────┐
           田主  旅人  三依  ○──骏河麻吕
                 ├────┬────┐
                 女子 书持 家持──永主

  ┌─────┬─────┐
  吹负  马来田
  │     ├────┐
  牛养  道足
  祖父麻吕
  古慈斐
        │
       ○
        ├────┬────┬────┐
        稻公 坂上郎女 宿奈麻吕
        │    ├────┬────┐
        胡麻吕 坂上二娘 坂上大娘 田村大娘
```

东人 池主
像见 清绳
黑麻吕 千室
利上 三中
村上 百代
四纲

系统未详

藤原氏系图

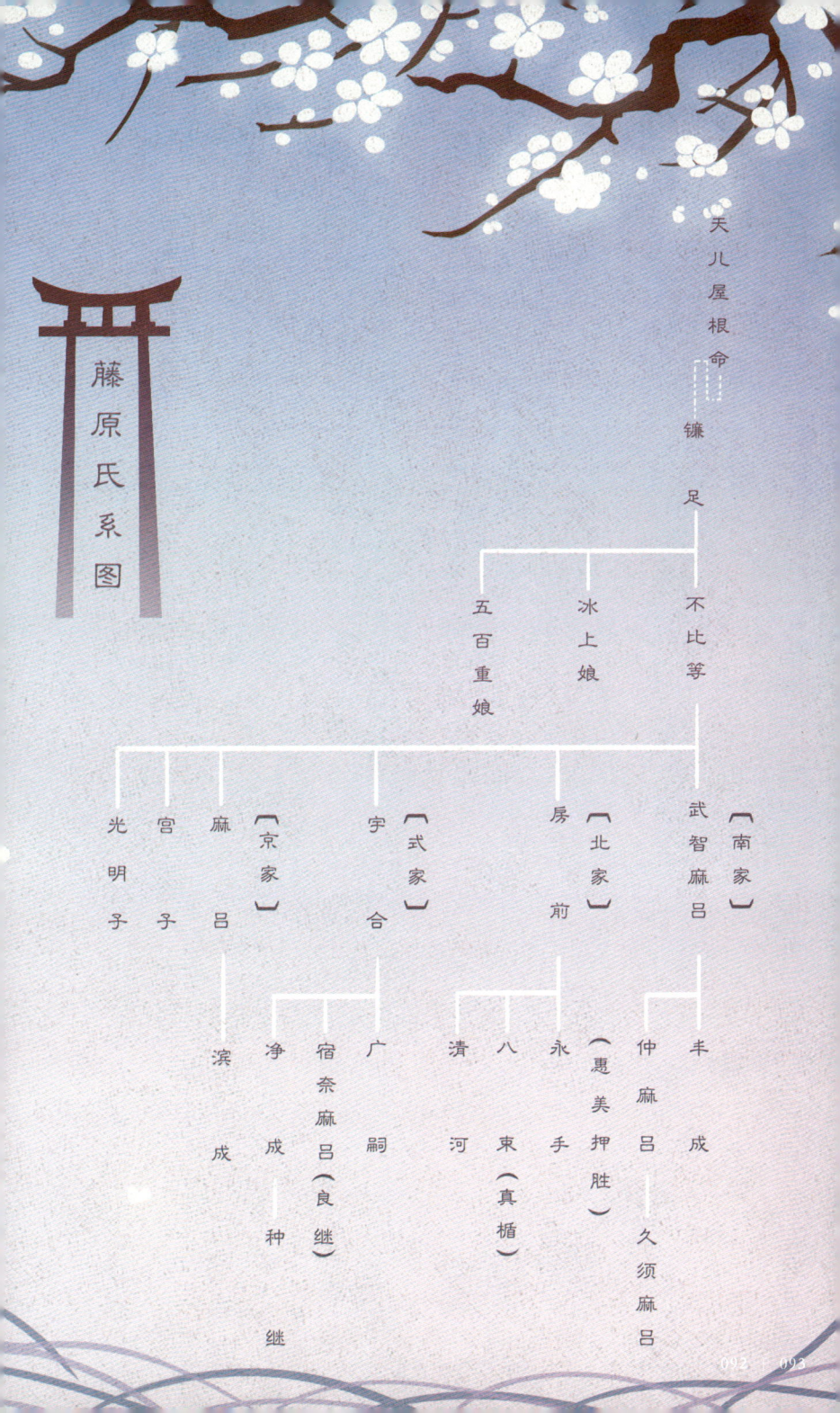

天儿屋根命
│
镰足
├── 不比等
│   ├── 武智麻吕【南家】
│   │   ├── 丰成
│   │   └── 仲麻吕（惠美押胜）── 久须麻吕
│   ├── 房前【北家】
│   │   ├── 永手
│   │   ├── 八束（真楯）
│   │   └── 清河
│   ├── 宇合【式家】
│   │   ├── 广嗣
│   │   ├── 宿奈麻吕（良继）
│   │   └── 净成 ── 种继
│   └── 麻吕【京家】
│   └── 滨成
├── 冰上娘 ── 宫子
└── 五百重娘 ── 光明子

第六部分

干支表

1	2	3	4	5	6	7	8	9	10
甲子	乙丑	丙寅	丁卯	戊辰	己巳	庚午	辛未	壬申	癸酉
11	12	13	14	15	16	17	18	19	20
甲戌	乙亥	丙子	丁丑	戊寅	己卯	庚辰	辛巳	壬午	癸未
21	22	23	24	25	26	27	28	29	30
甲申	乙酉	丙戌	丁亥	戊子	己丑	庚寅	辛卯	壬辰	癸巳
31	32	33	34	35	36	37	38	39	40
甲午	乙未	丙申	丁酉	戊戌	己亥	庚子	辛丑	壬寅	癸卯
41	42	43	44	45	46	47	48	49	50
甲辰	乙巳	丙午	丁未	戊申	己酉	庚戌	辛亥	壬子	癸丑
51	52	53	54	55	56	57	58	59	60
甲寅	乙卯	丙辰	丁巳	戊午	己未	庚申	辛酉	壬戌	癸亥

第七部分
《万叶集》植物图谱

出自
《本草图谱》 岩崎灌园 绘
《樱花谱》 坂本浩然 绘

春

桧木

近江国的田上山
砍伐笔直的桧木
顺宇治川河水漂流

（卷一·50）

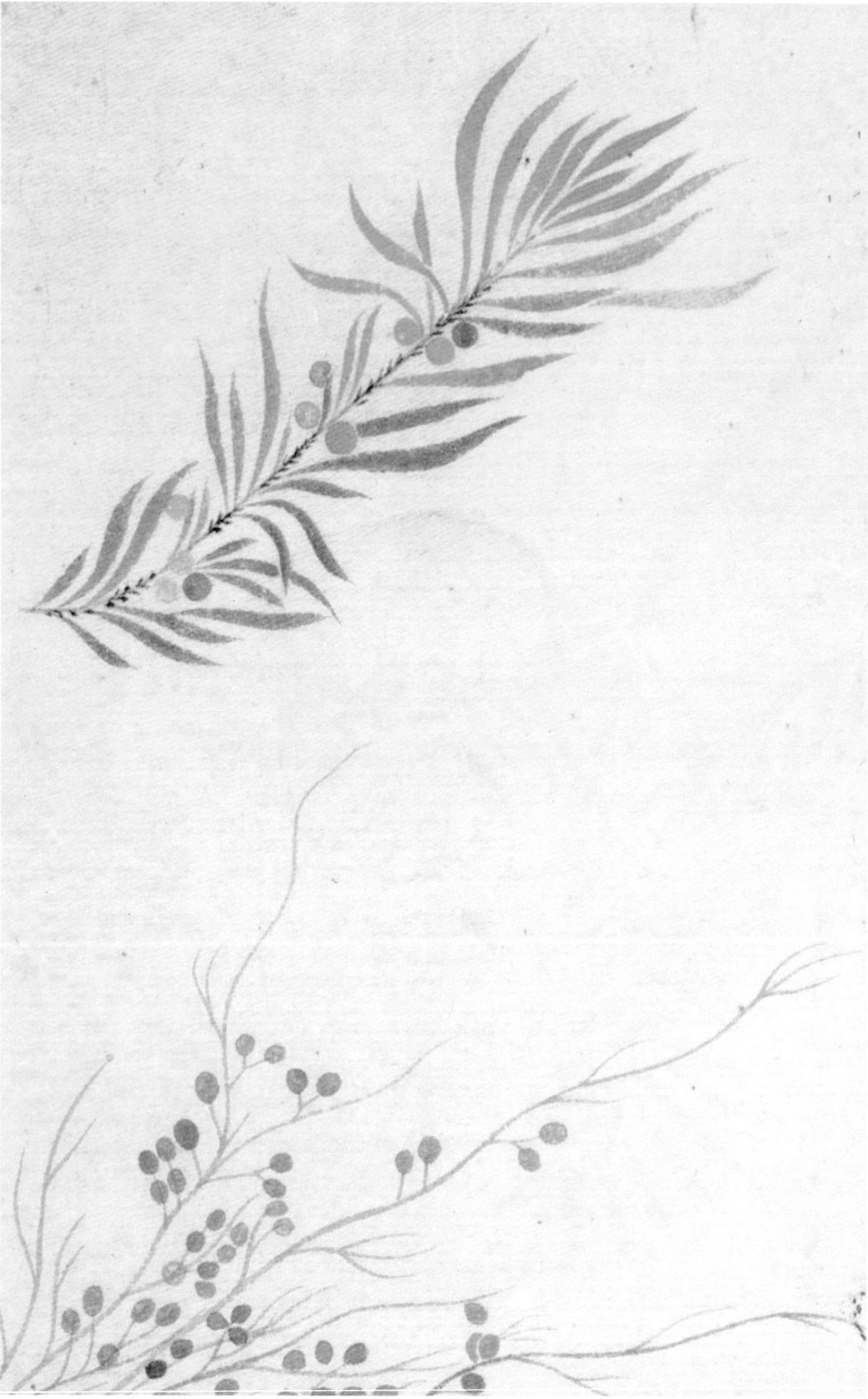

海藻

收割海藻的小船

不会划向远海

夜晚同枕的姑娘

让人无法忘怀

（卷一·72）

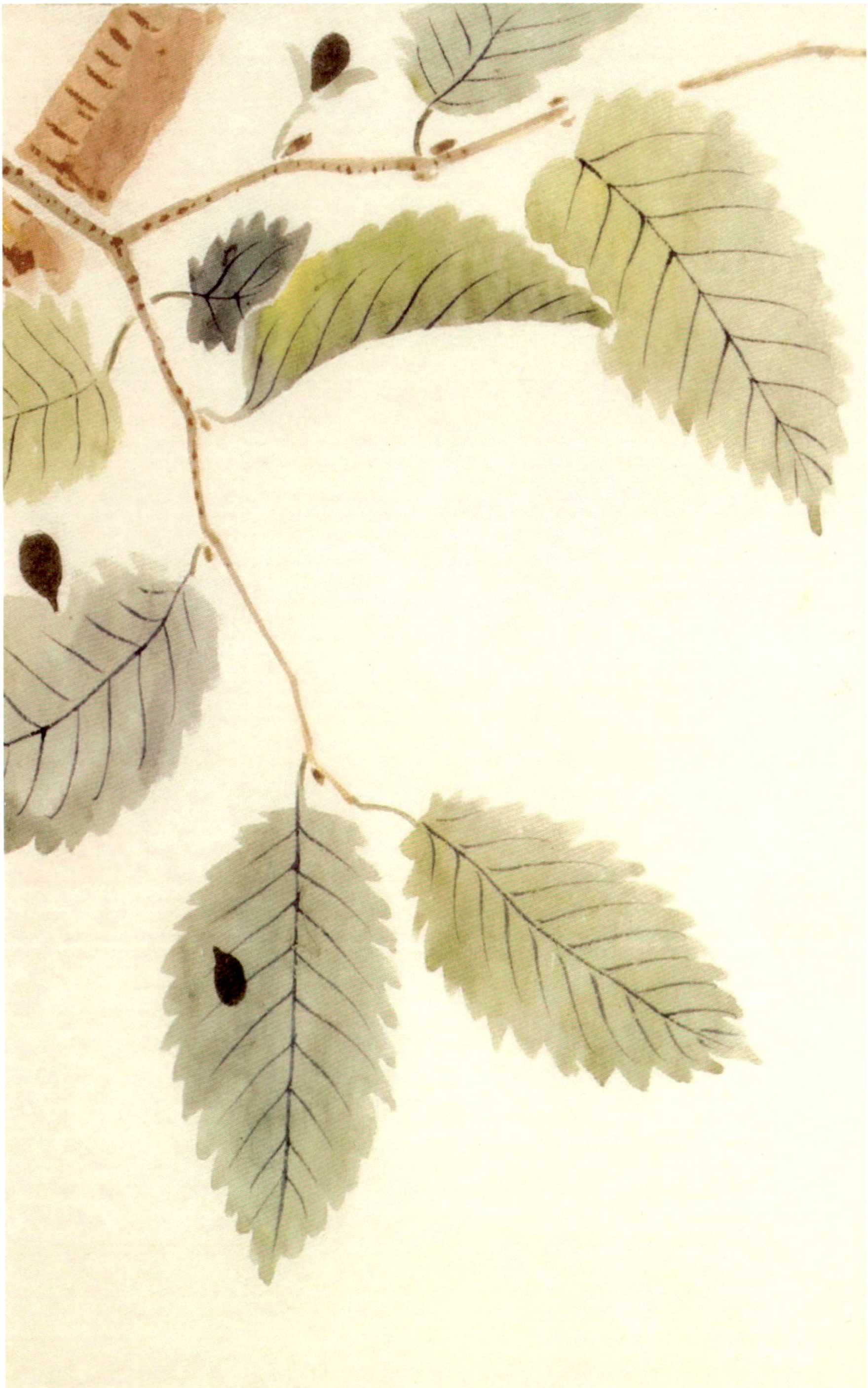

榉树

平时住在家中

用食笥盛饭

以草为枕的旅途

用榉树叶盛饭

（卷二·142）

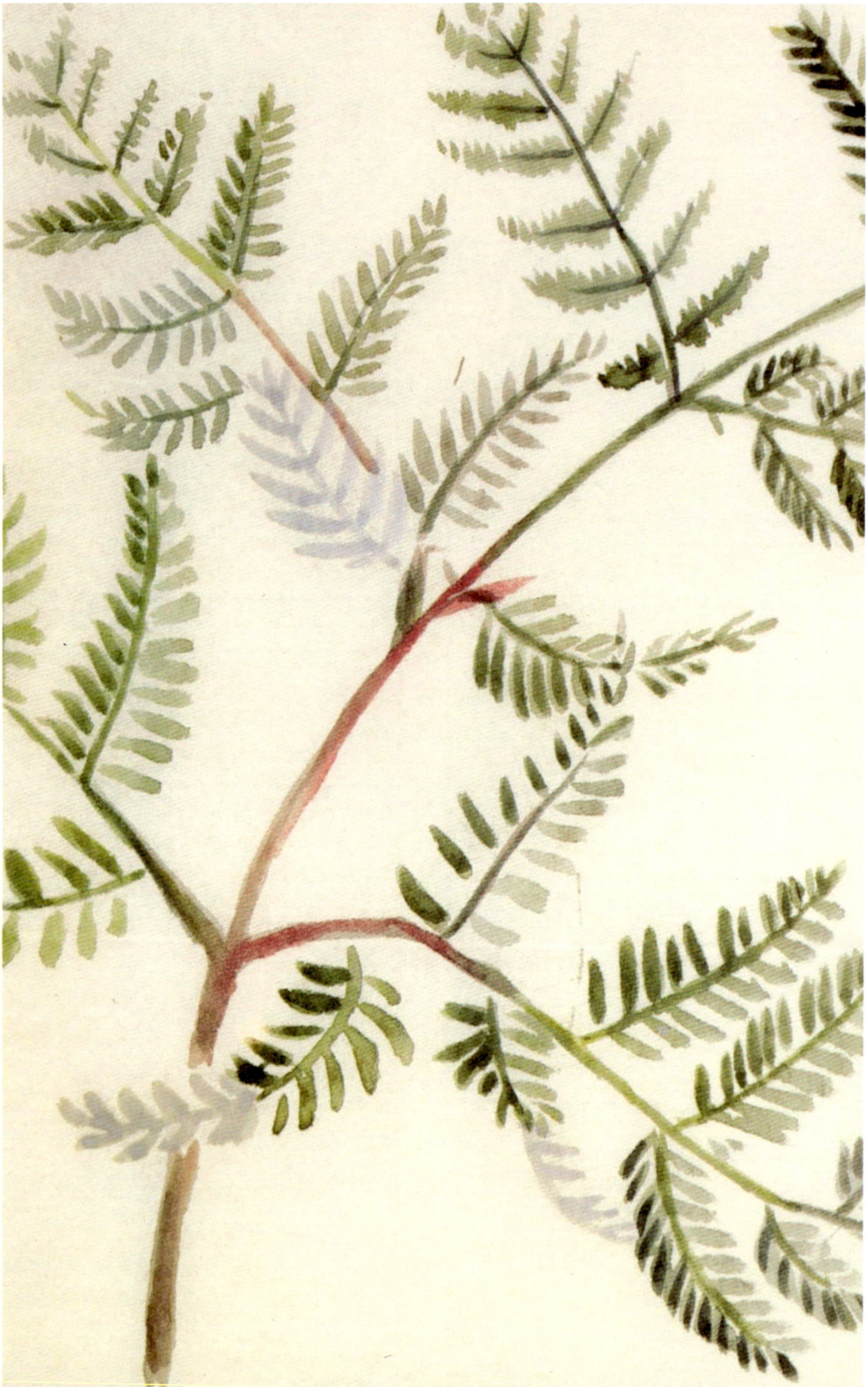

蕨
菜

石上瀑布飞溅

蕨菜正发芽

春天已经来临

（卷八・1418）

春天的山野里

　我来采堇菜

山野令人留恋

索性露宿一夜

（卷八·1424）

紫花地丁（堇菜）

遥望春日野

升起一片云霞

是樱花盛开吧

（卷十·1872）

樱花

柳

沿着佐保川而上

岸边垂柳青青

一片阳春景色

（卷八·1433）

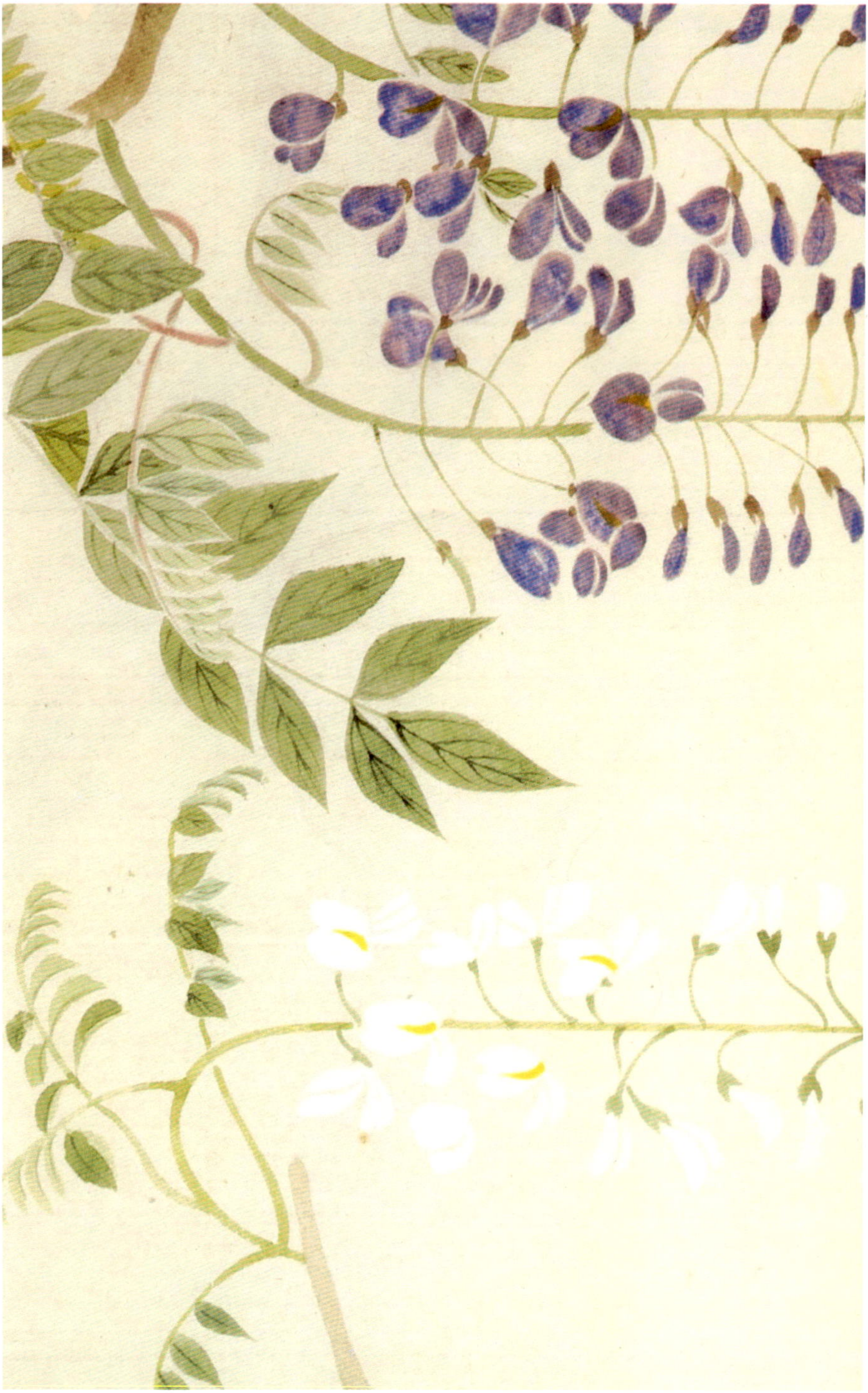

紫藤

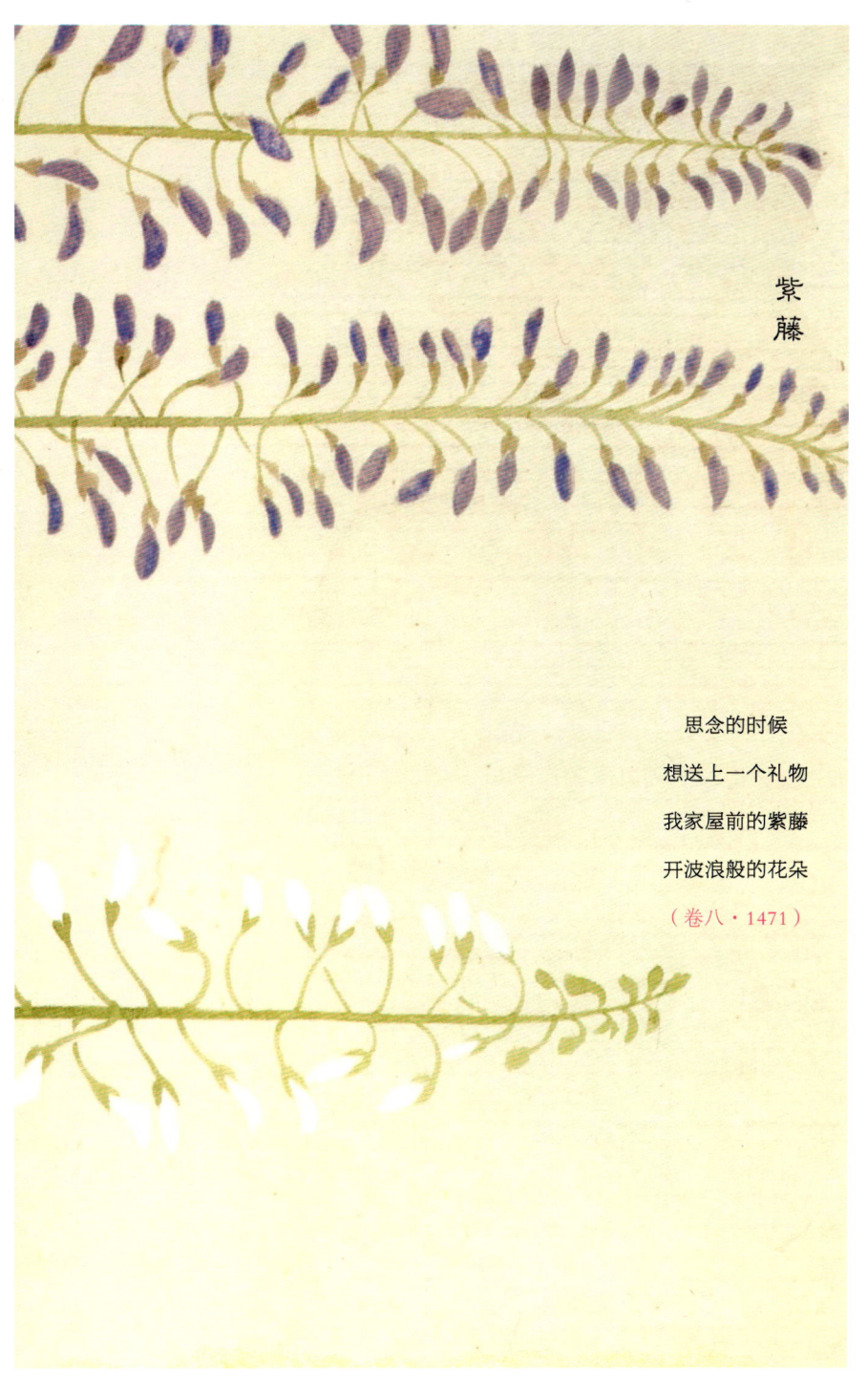

思念的时候
想送上一个礼物
我家屋前的紫藤
开波浪般的花朵

（卷八·1471）

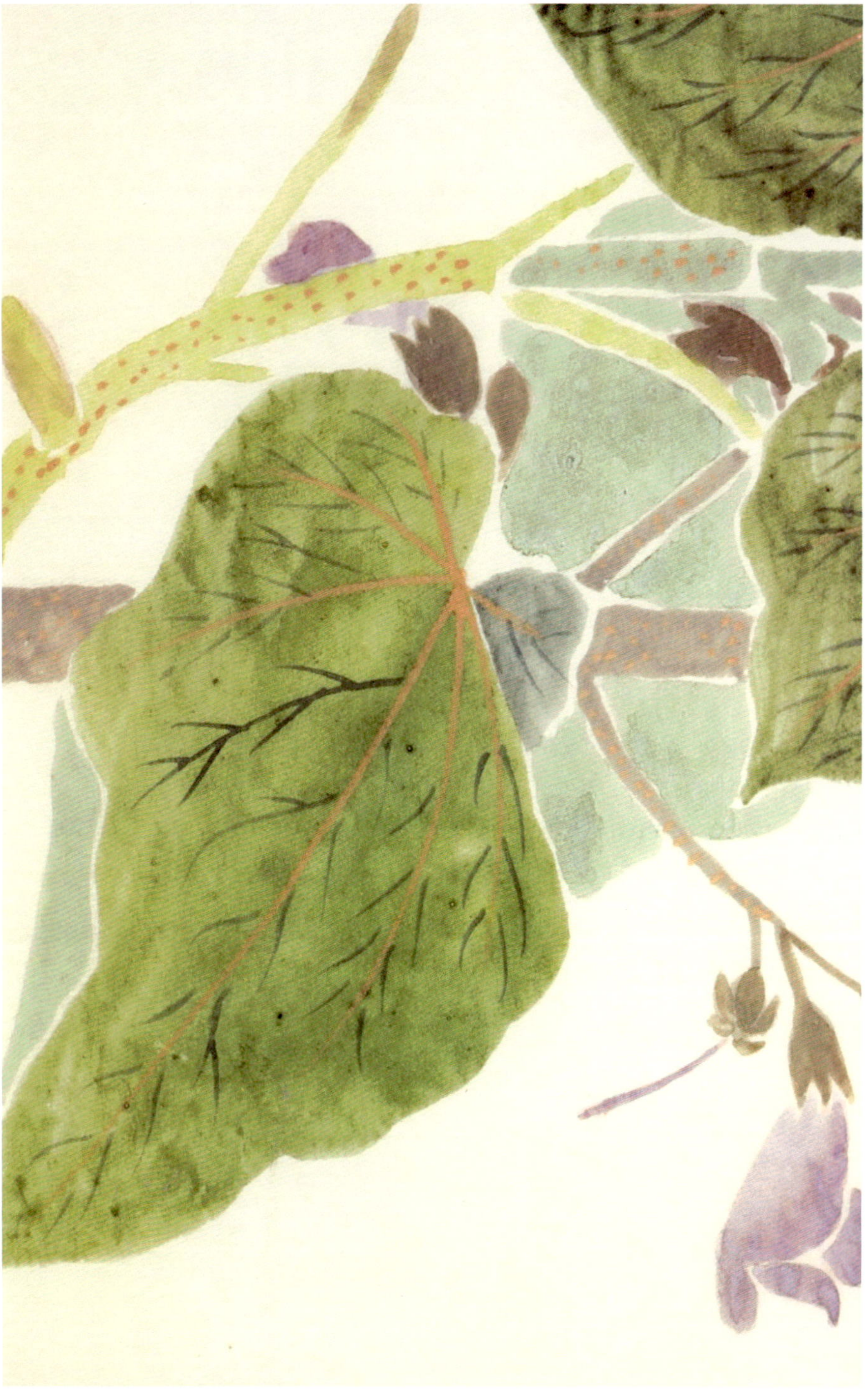

桐花

去年开花的梧桐

今年正在开放

落到地上了吗

没有人来观赏

（卷十·1863）

白茅（茅草）

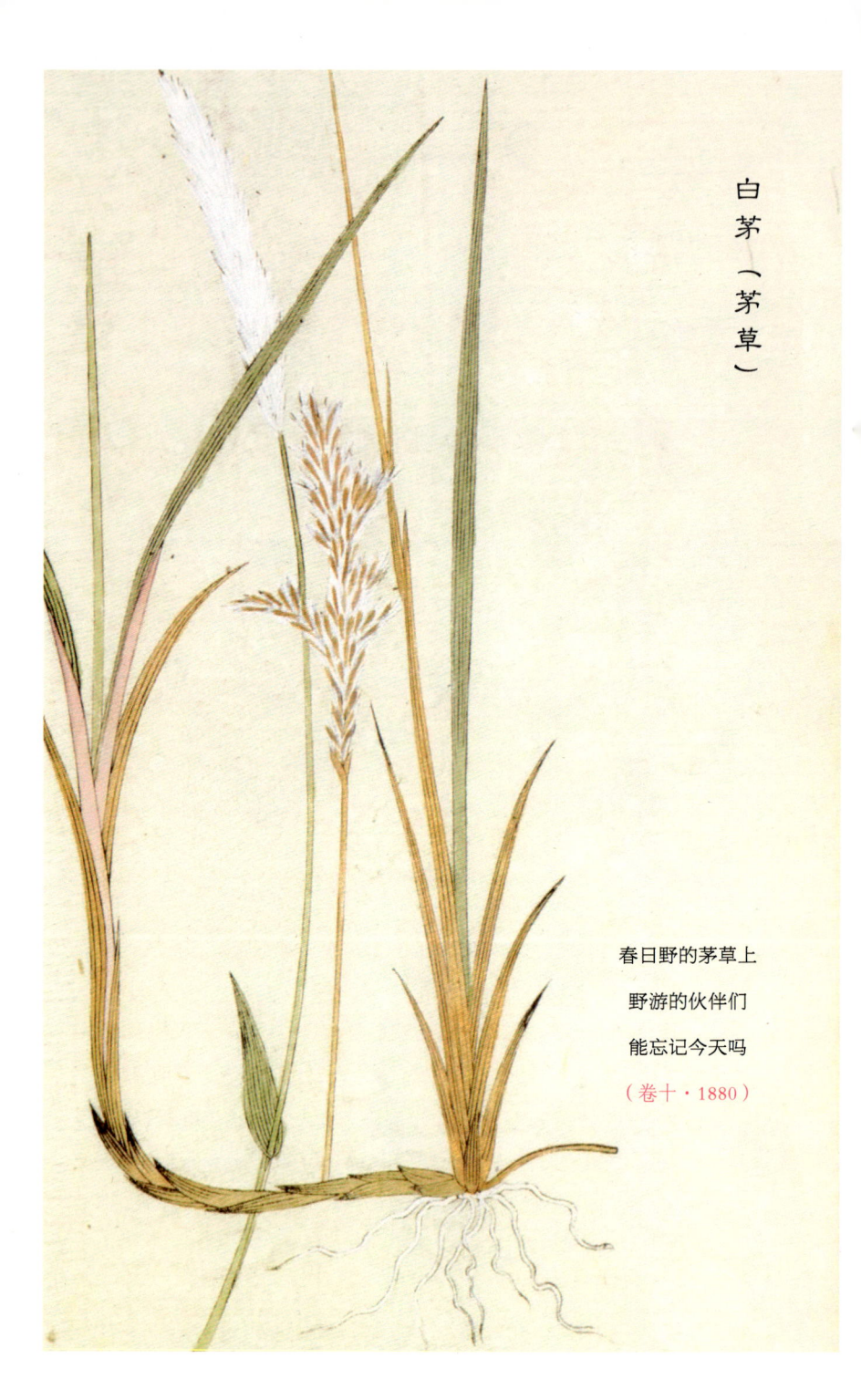

春日野的茅草上
野游的伙伴们
能忘记今天吗
（卷十·1880）

黄瑞香

春天来到的时候

黄瑞香先开放

此后也能见面

阿妹不必思恋

（卷十·1895）

苦楝

想与阿妹相见

苦楝花期未过

像正开放的花儿

能来相见吗

（卷十·1973）

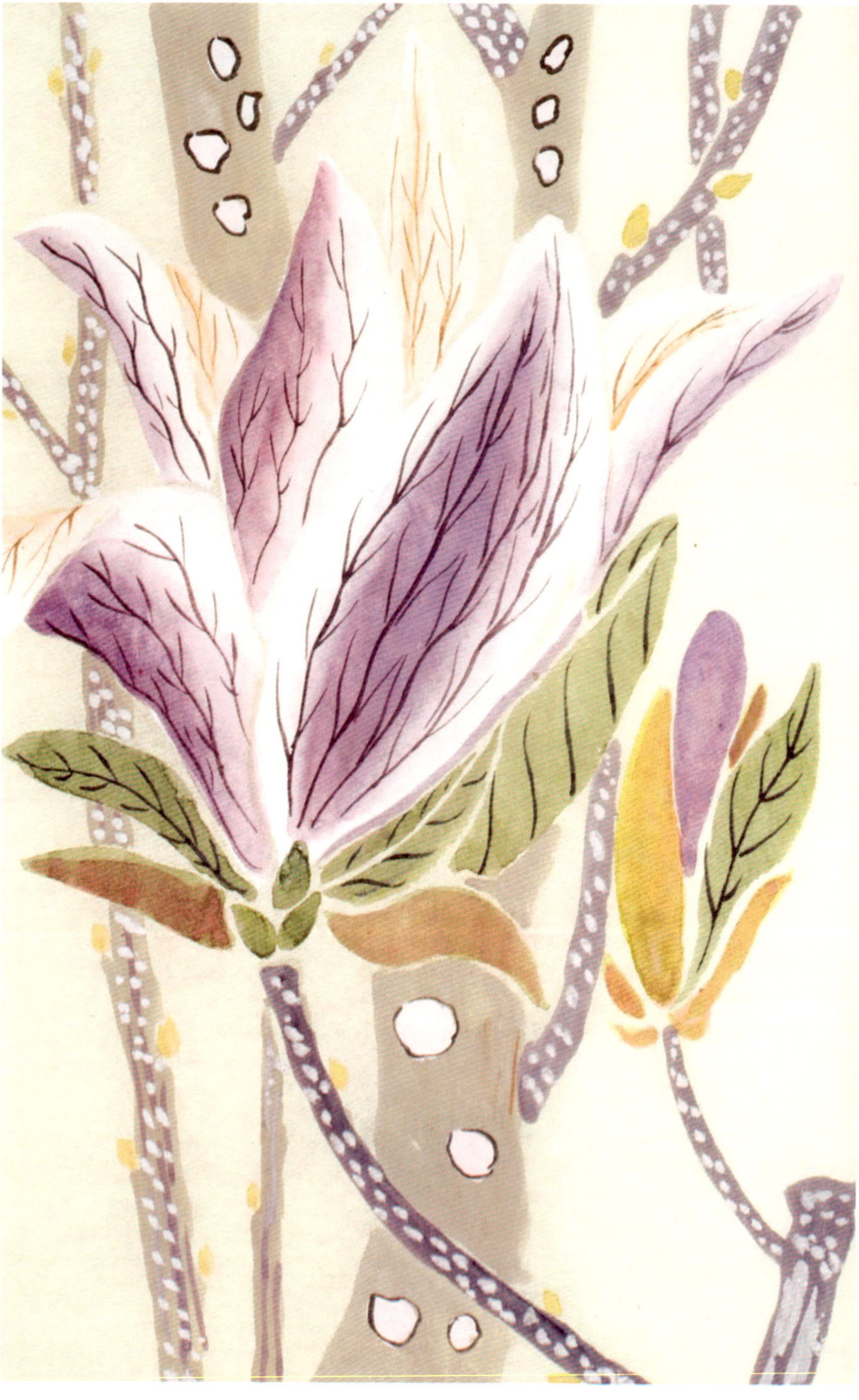

紫玉兰（棣棠）

棣棠般光艳的阿妹
身穿棣棠色的粉衣
一直出现在梦中

（卷十一·2786）

渡会的大川

岸边的楸树

我离开得太久

阿妹会思恋吗

（卷十二·3127）

楸树

白头翁（猫头花）

芝付的御宇良崎
生长着猫头花
如果没有相见
我会思恋吗
（卷十四・3508）

芜菁（春菜）

少女们采集春菜

春雨打湿红裙

我虚度风华岁月

难得你思念的心意

昨夜一夜无眠

今天还在思恋

（卷十七·3969）

艾蒿

布谷鸟鸣叫的五月

戴蝴蝶花和艾蒿

编织成的花冠

（卷十八·4116）

桃花

春苑泛红彩

桃花辉映下的路

现出玉立的少女

（卷十九·4139）

山慈姑

少女们纷纷汲水

寺中的水井旁

车前叶山慈姑花啊

（卷十九·4143）

野薔薇

路边的荆棘丛

攀附着豆荚

要离你而去吗

（卷二十·4352）

夏

桑柘枝

在这暮色之中

如果漂来桑枝

没有架设鱼梁

无法打捞吧

（卷三·386）

鴨跖草

用鸭跖草染衣裳

我想为了你

染件斑斓的衣裳

（卷七·1255）

合欢花

白昼里开放

夜里闭合思恋

合欢树的花朵

只有我在看吗

请你也好好观赏

（卷八·1461）

134 | 135

石榴（唐棣）

夏日开花的唐棣

如果赶上下雨

会褪颜色吗

（卷八·1485）

菖蒲

从不厌烦布谷鸟

菖蒲做花冠的日子

请飞到这里鸣叫

（卷十·1955）

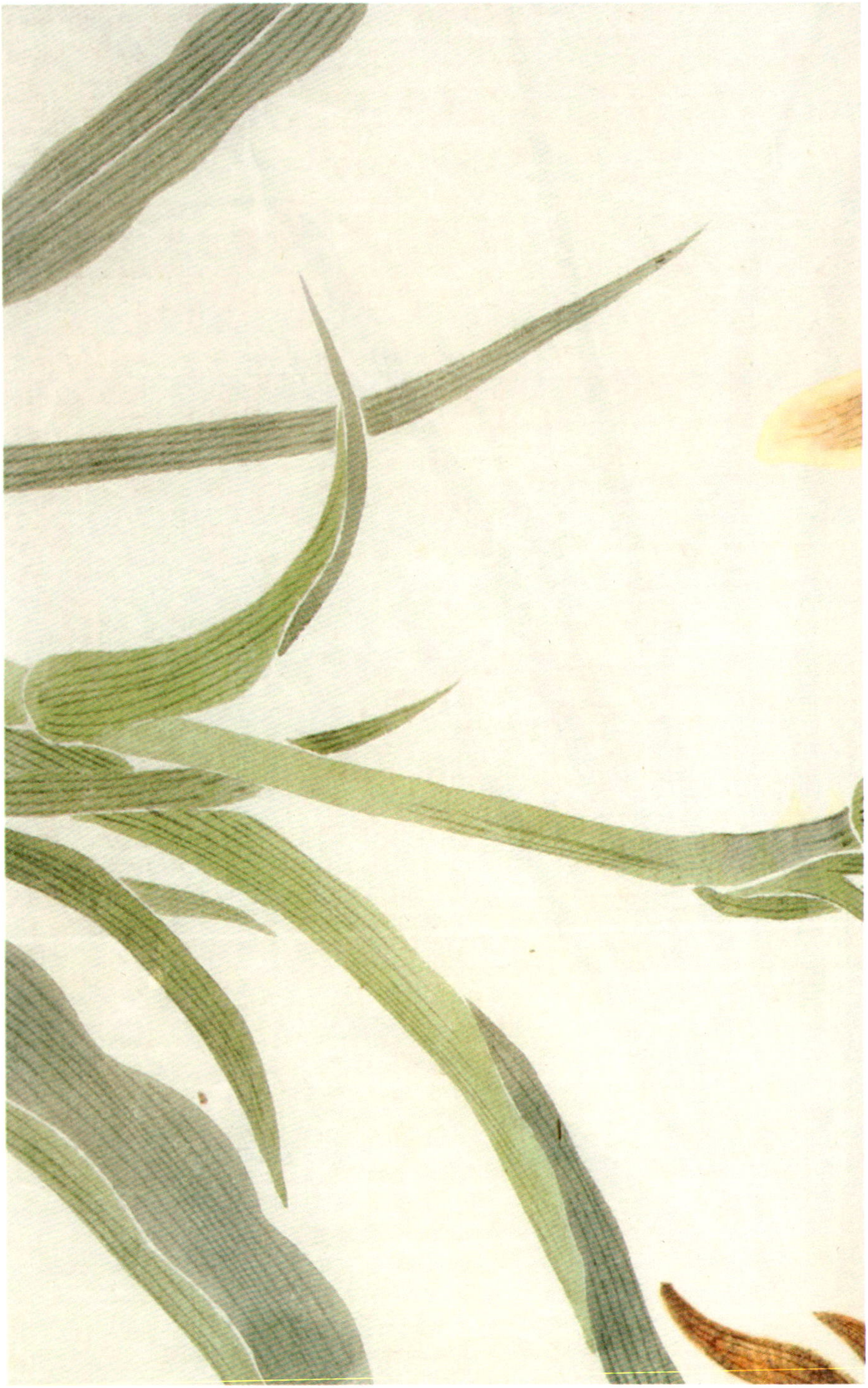

萱草

墙根下种满萱草

这些没用的草

还是让我思恋

（卷十二·3062）

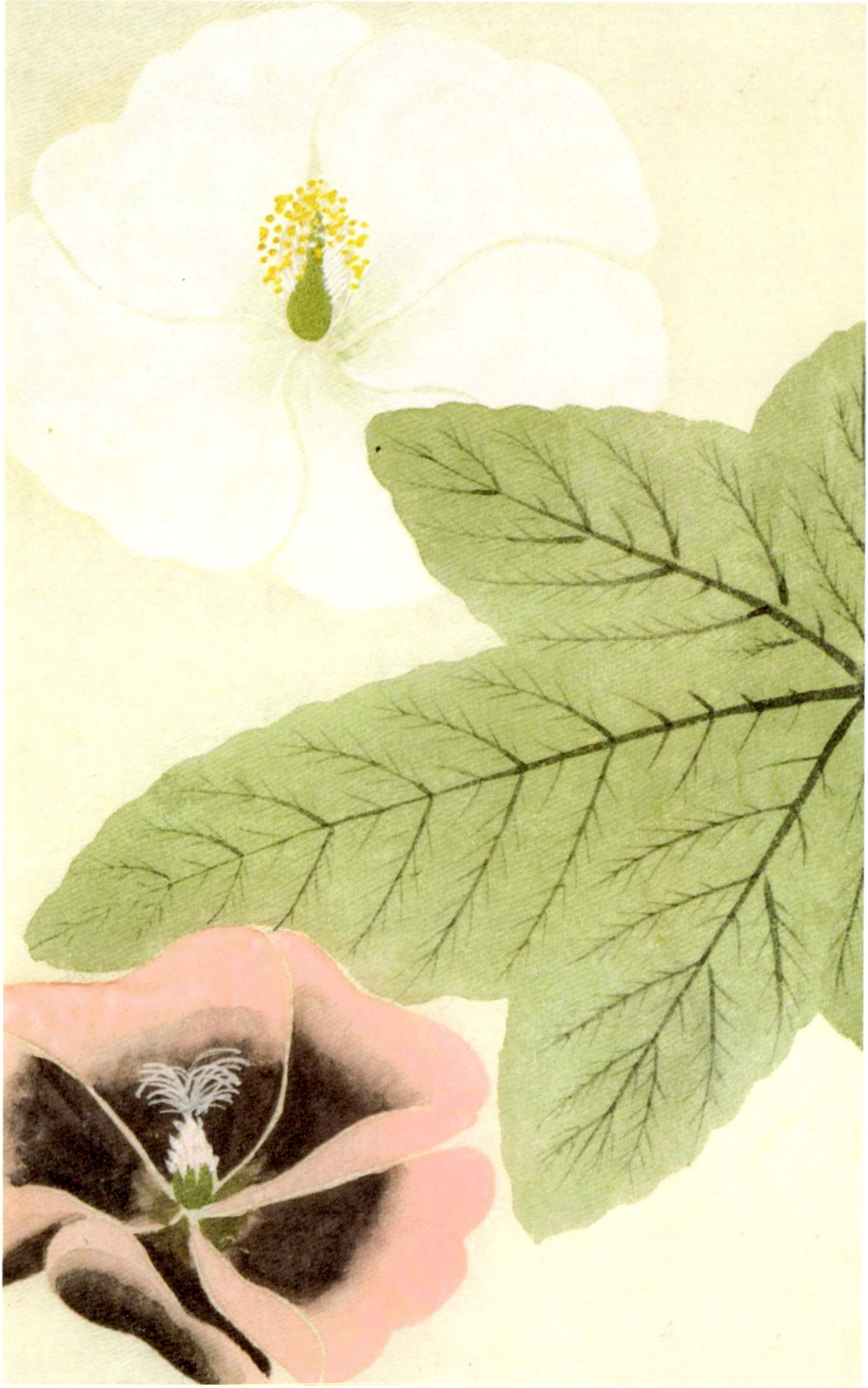

梨枣黍连着粟

在葛藤后相逢

冬葵正在开放

（卷十六·3834）

蜀葵

莲叶

不能下点儿雨吗

莲叶上积存的水滴

看上去像珍珠

（卷十六·3837）

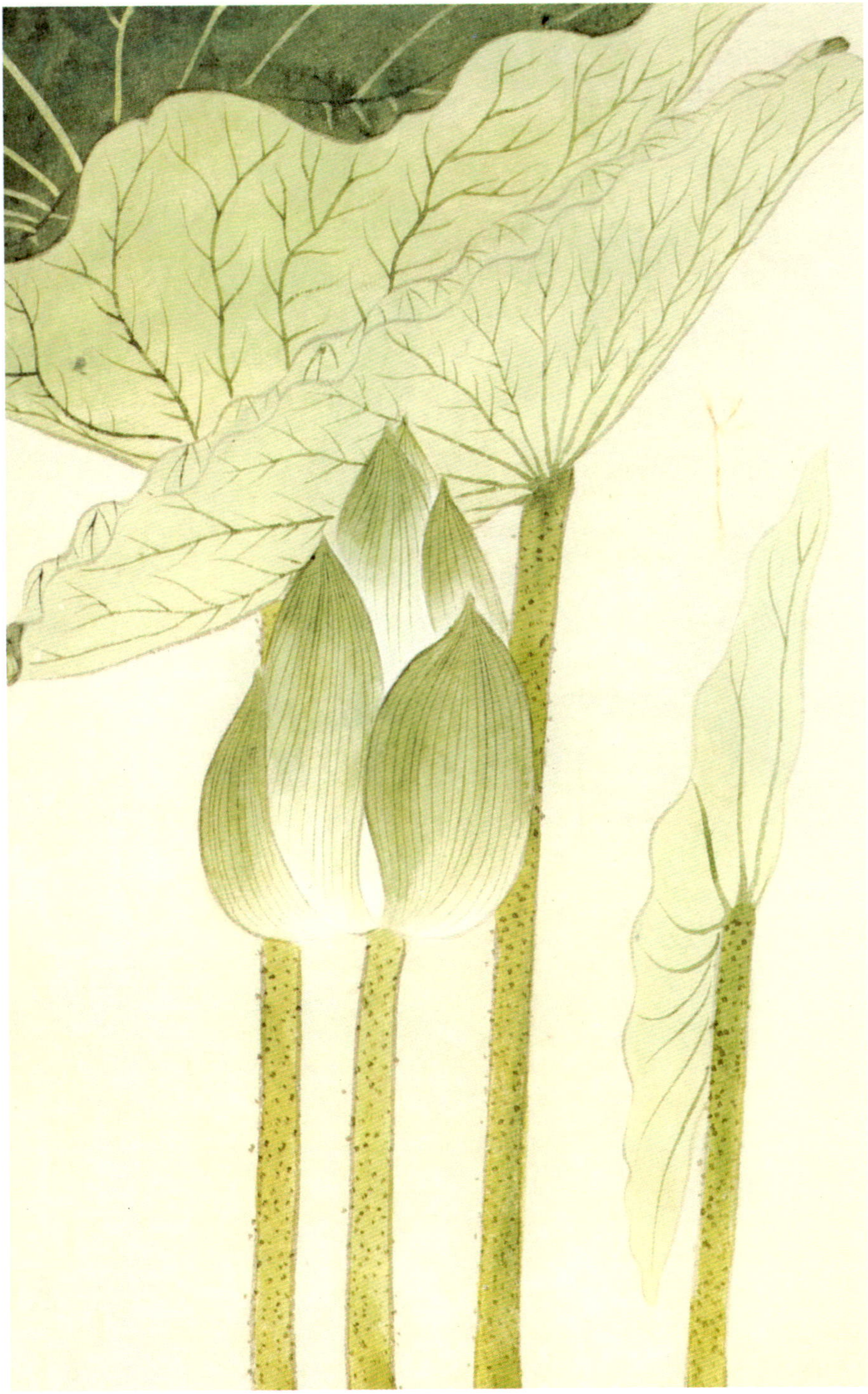

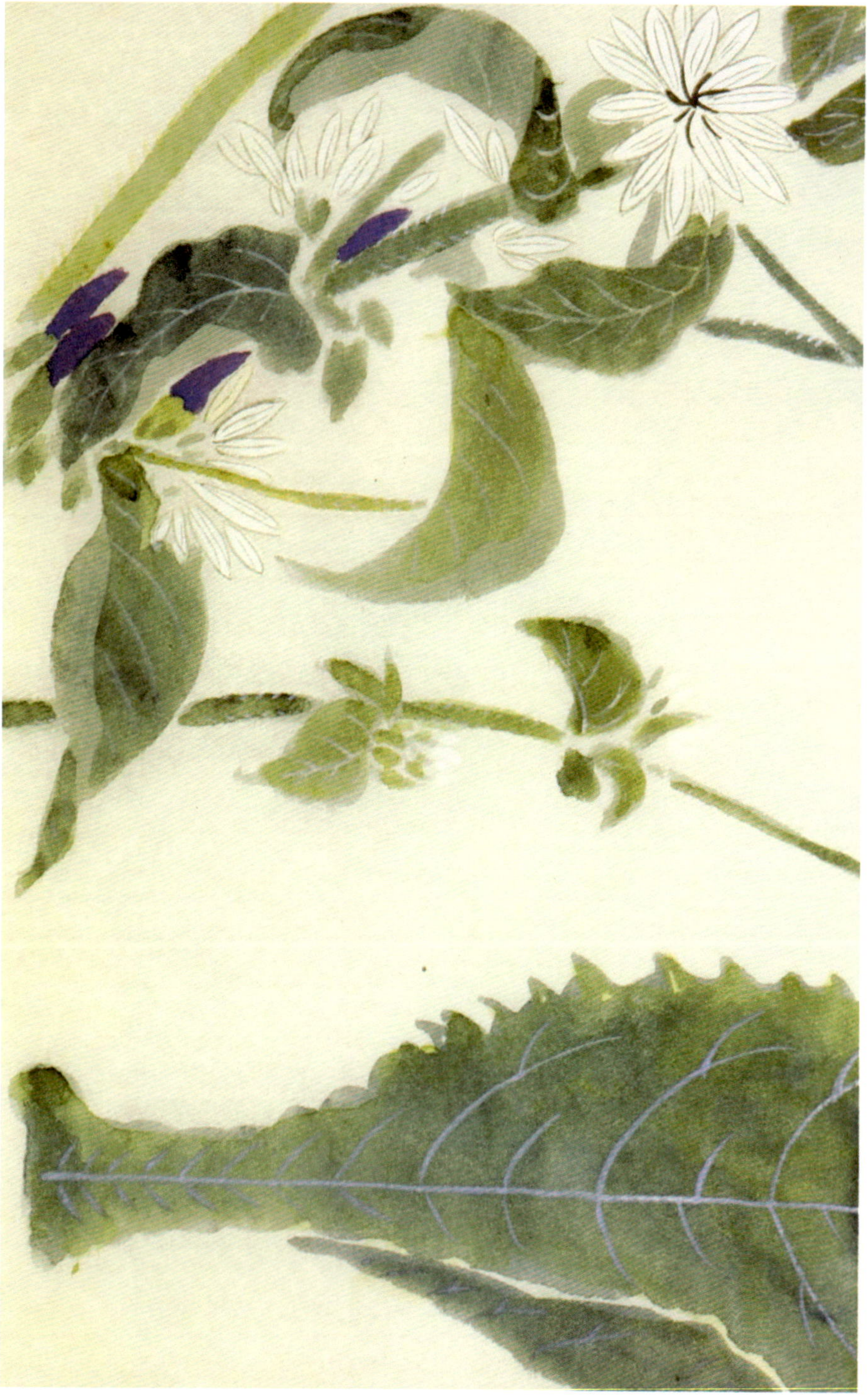

莴苣

莴苣花儿盛开

与爱妻朝夕相处

共同欢乐忧伤

感慨诉说不已

能永远这样吗

（卷十八·4106）

秋

稲穂

秋田里的稻穗上

弥漫着朝雾

不知要等到何时

我的思恋才能平息

（卷二・88）

野菊

如果妻子在身边
会一起去采食
沙弥山上的野菊
是否过了时节
（卷二·221）

鸡冠花

在家中的庭院里

栽种鸡冠花

虽然枯萎了

还想继续栽种

（卷三·384）

十様錦

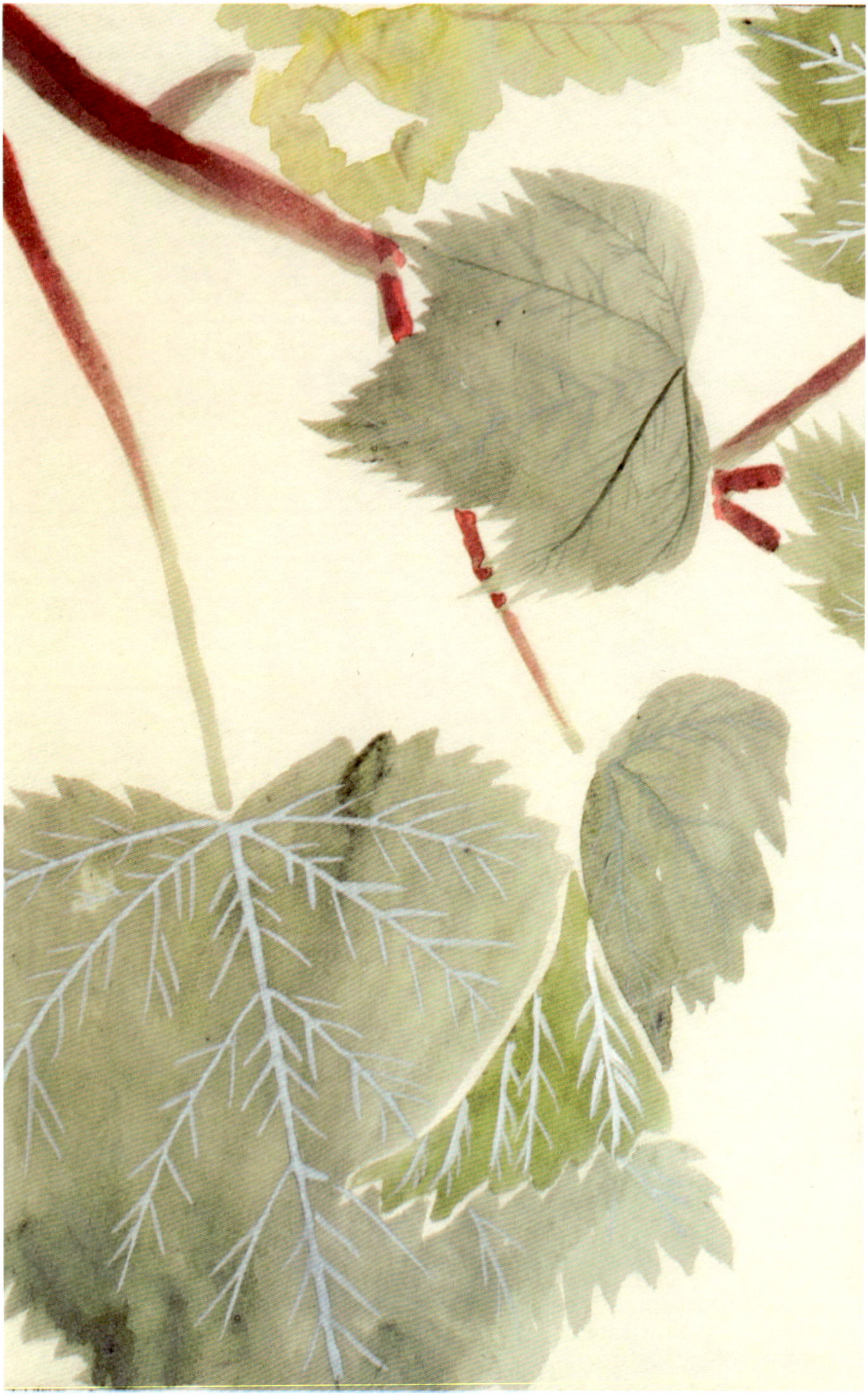

木芙蓉（唐棣）

已说过不再思恋

可是我的心

如唐棣容易变色

（卷四·657）

紫苑（野菊）

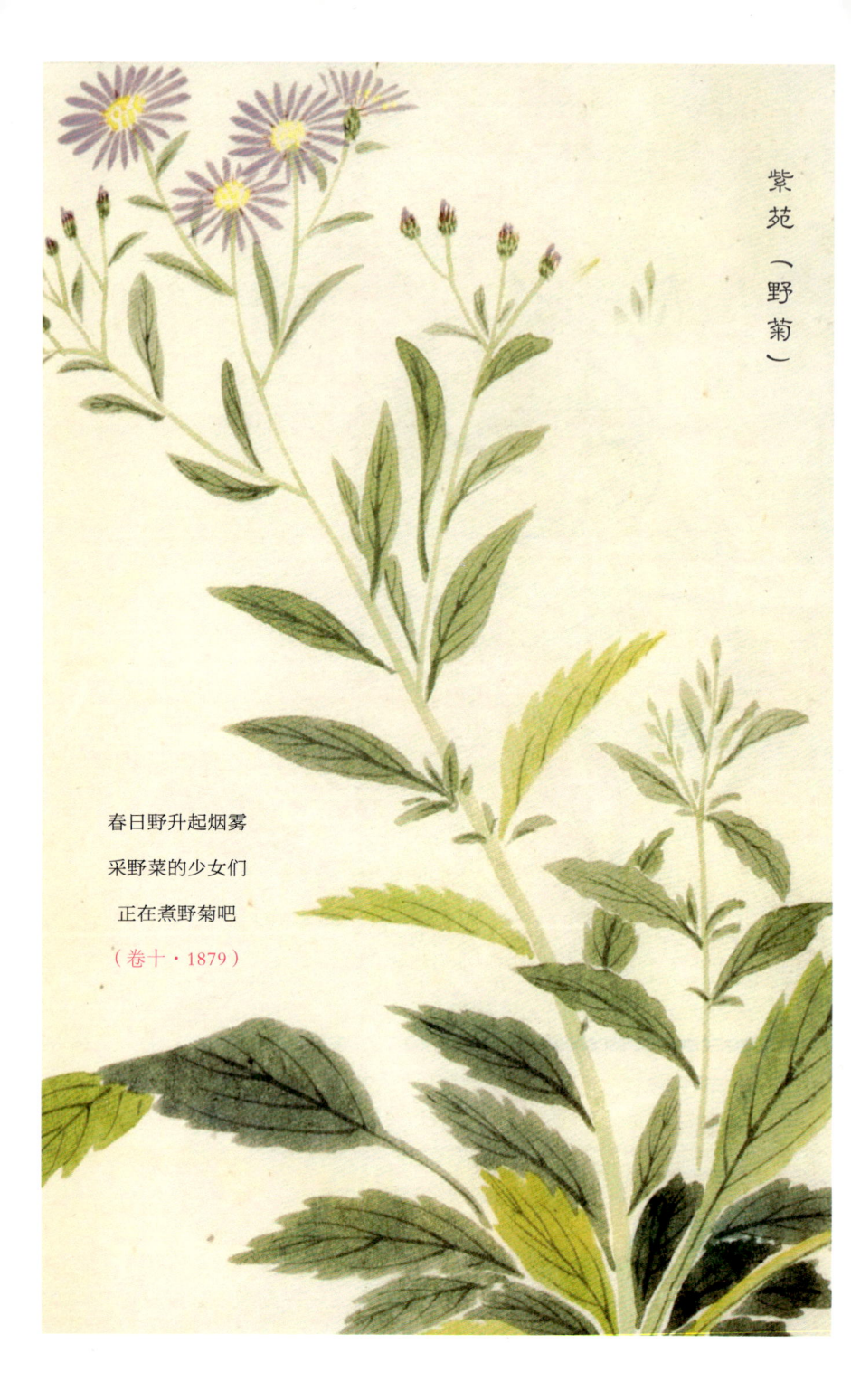

春日野升起烟雾
采野菜的少女们
正在煮野菊吧
（卷十·1879）

瞿麦

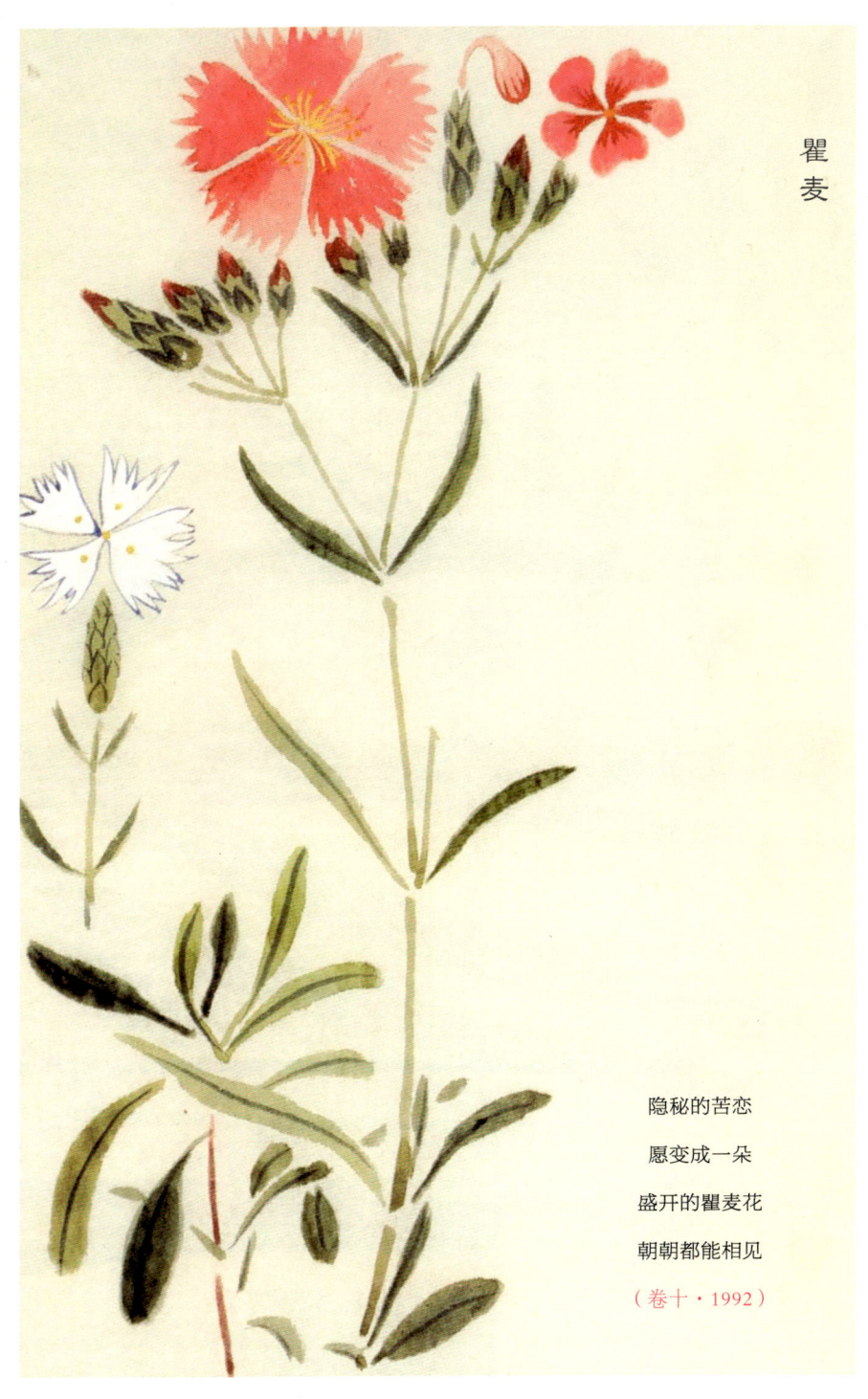

隐秘的苦恋

愿变成一朵

盛开的瞿麦花

朝朝都能相见

（卷十·1992）

菰米

野菰

路边的芒草下
有棵沉思的野菰
为何还在踌躇
（卷十·2270）

不能说出口

像桔梗花那样

别张扬恋情

（卷十·2275）

桔梗

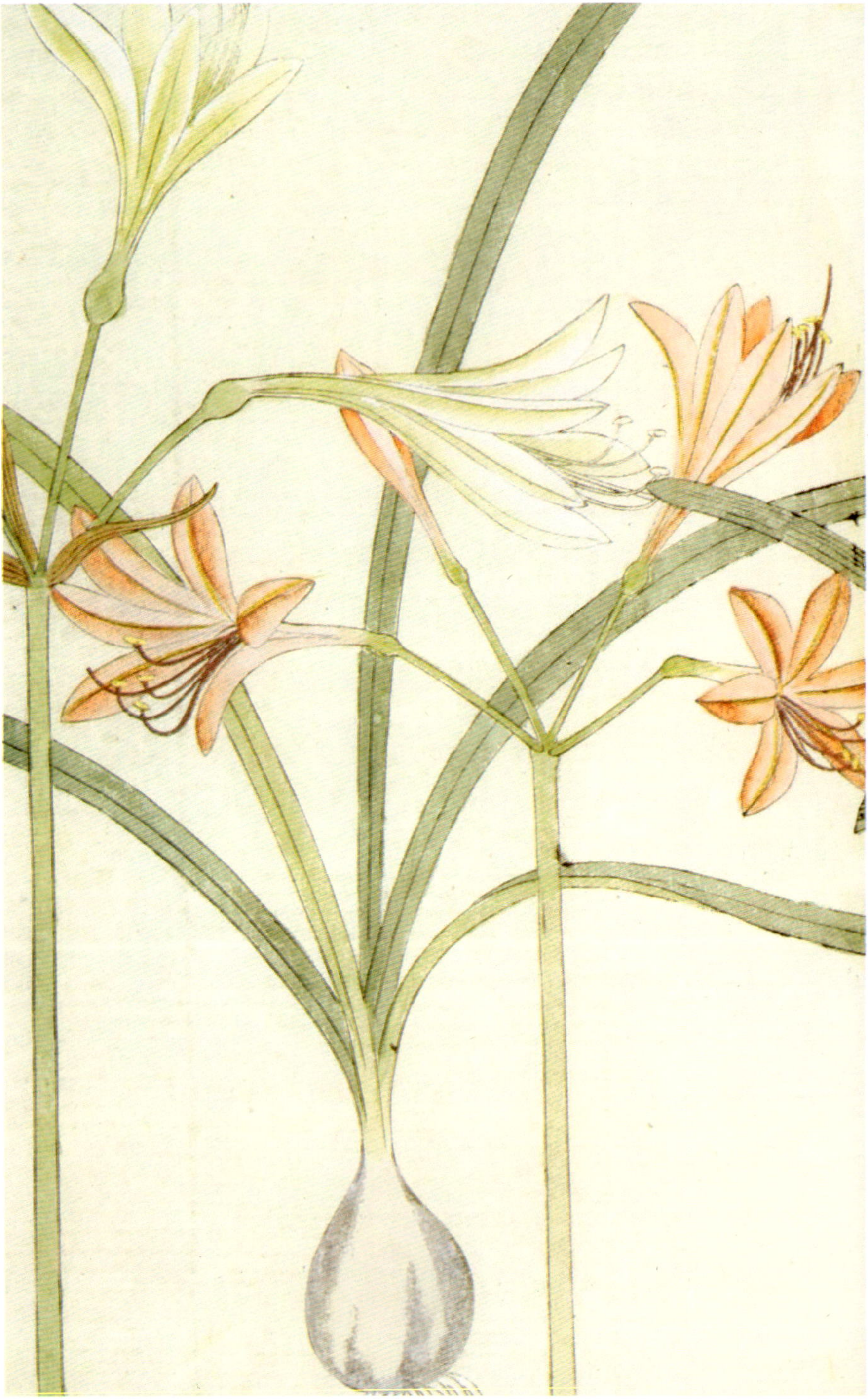

石蒜

如路边的石蒜花

众人都已知道

我思恋的阿妹

（卷十一·2480）

园中水蓼的老枝

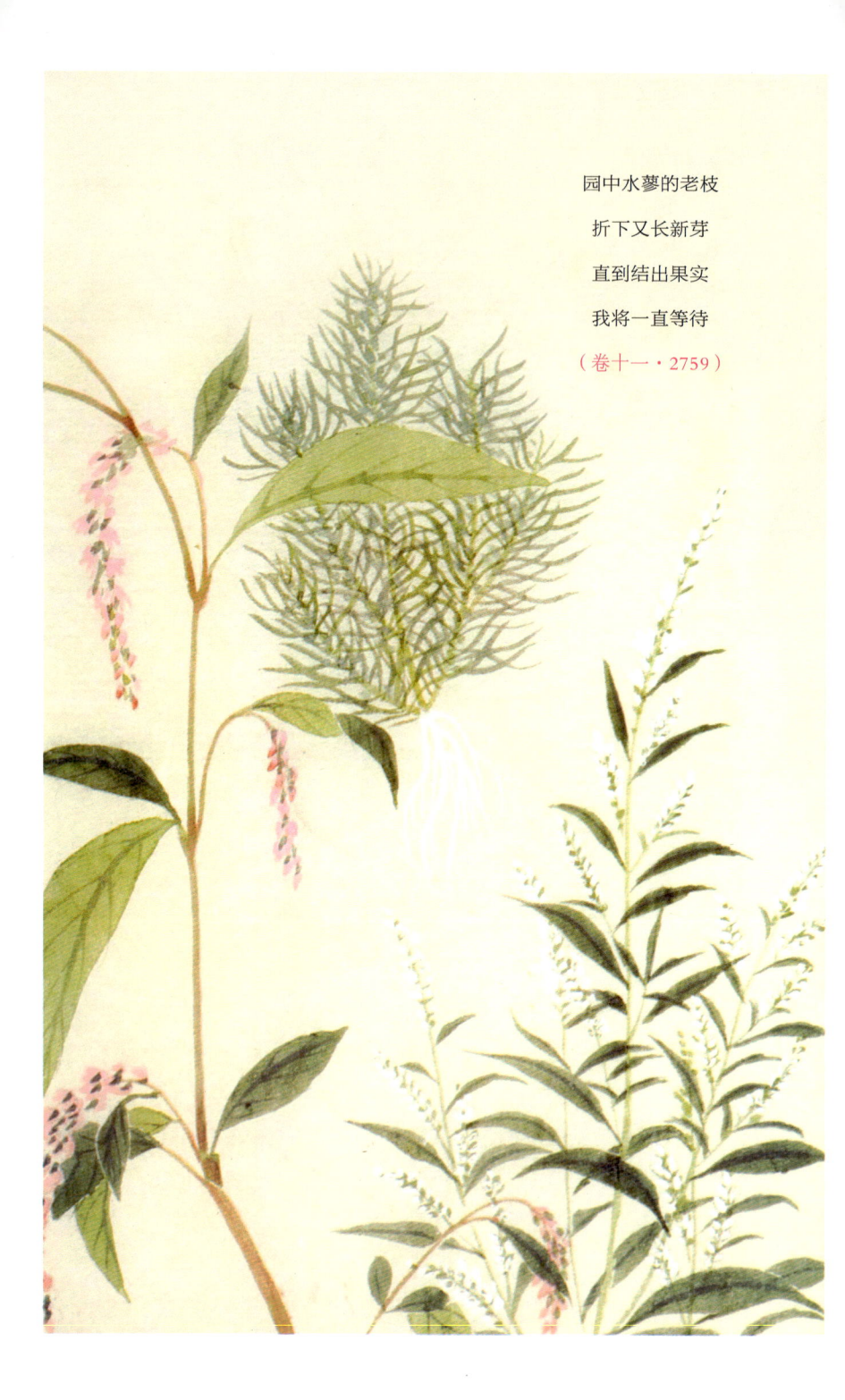

折下又长新芽

直到结出果实

我将一直等待

（卷十一·2759）

水蓼

麦门冬（萱草）

像萱草根那样坚定

我思恋你的身影

（卷十二・3051）

麦子

如同越过栅栏

吃麦子的马驹

即使遭受责骂

也无法不思恋

（卷十二·3096）

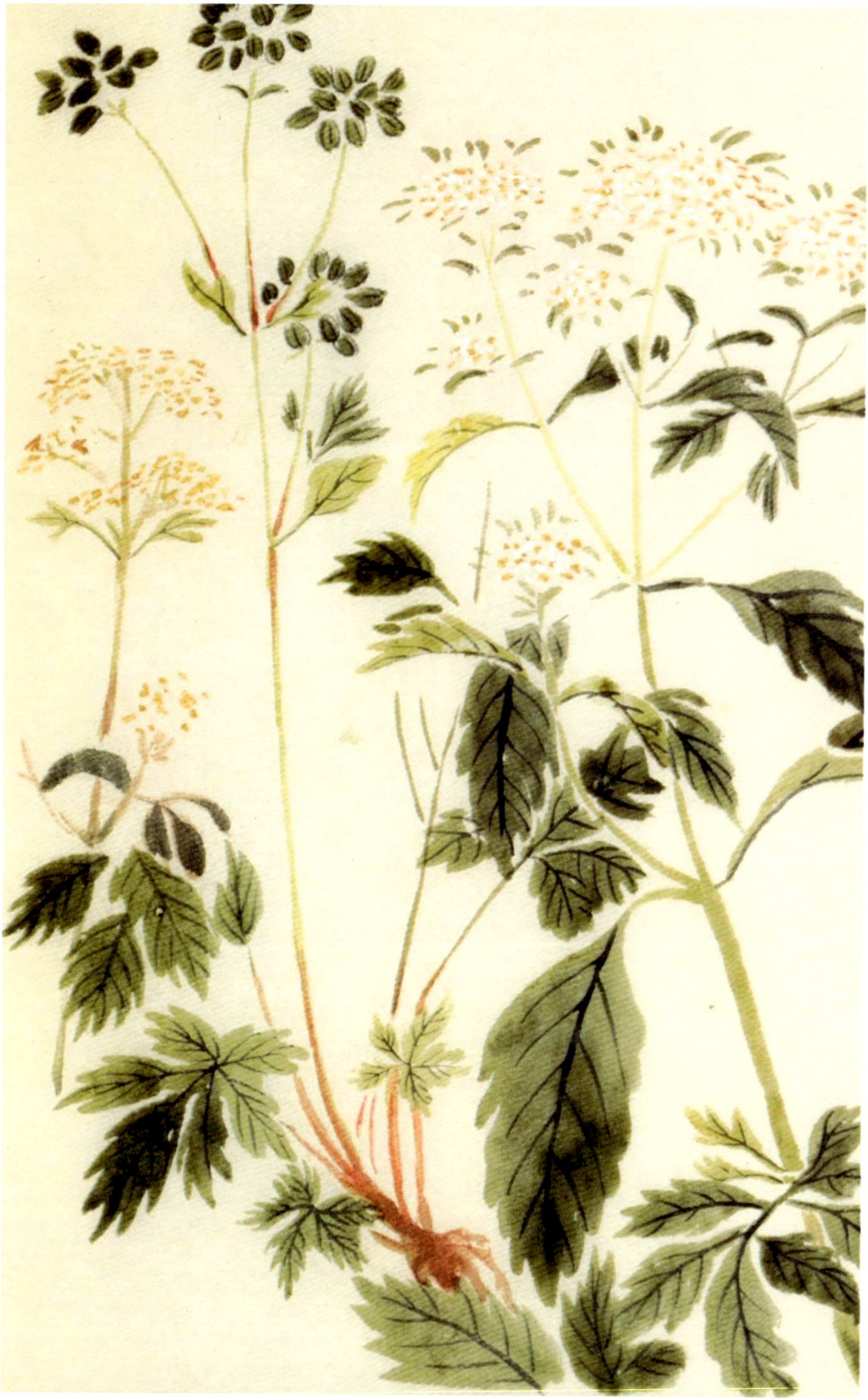

败酱（黄花龙芽）

望秋天田间的稻穗

你折来黄花龙芽

（卷十七・3943）

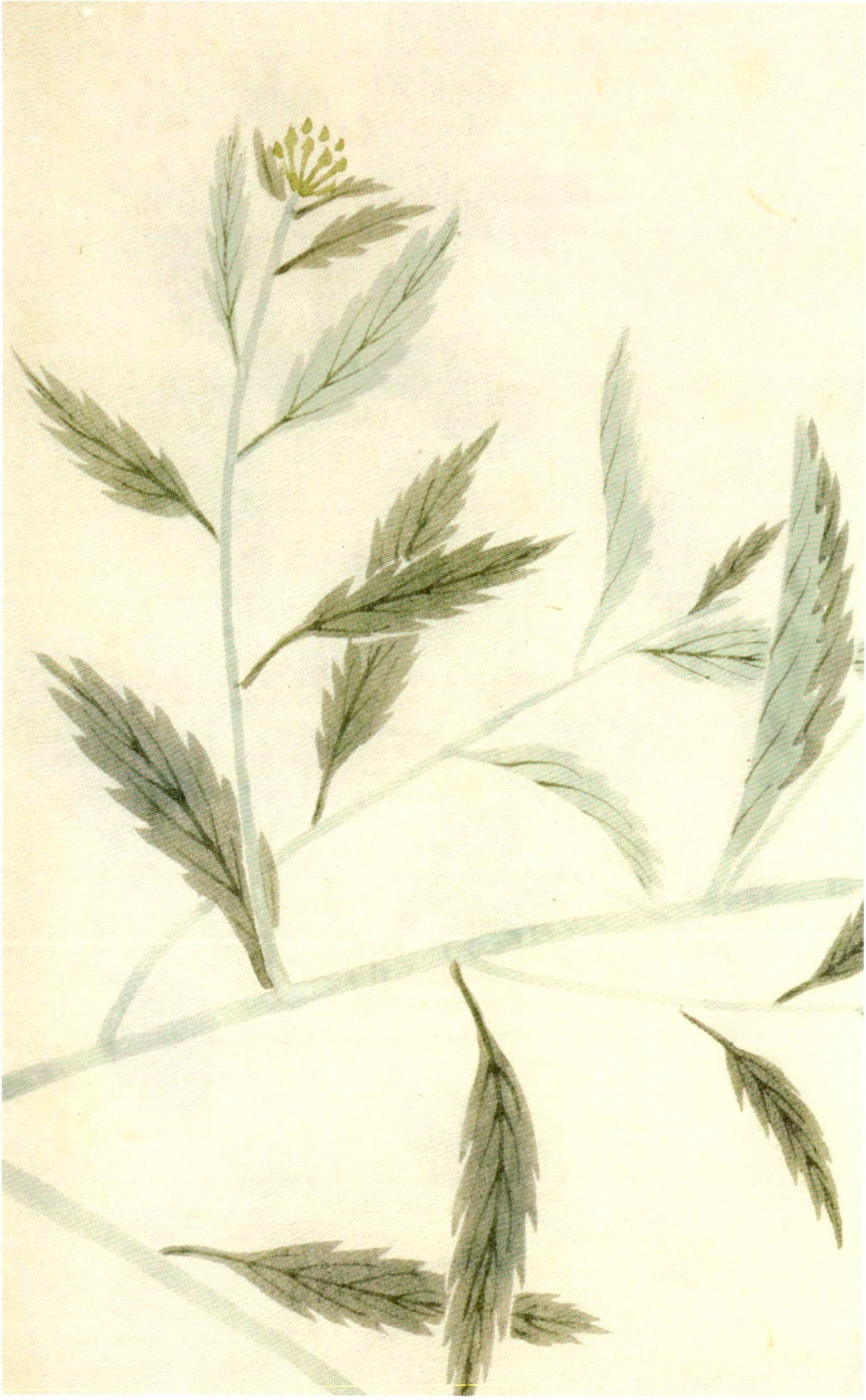

泽兰叶

这里不断降霜吗
夏天的原野上
我看见草叶
已经开始枯黄

（卷十九·4268）

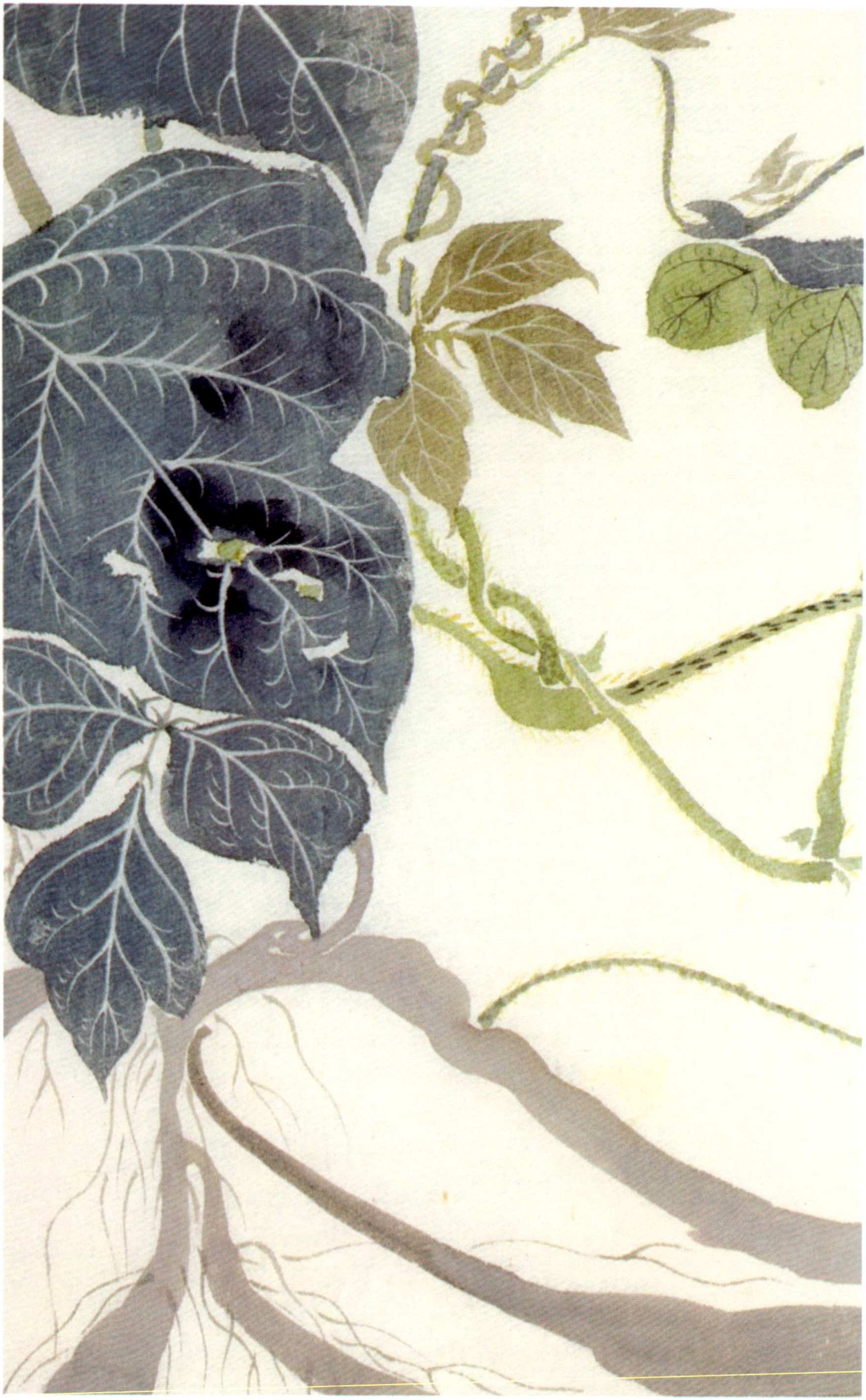

葛藤

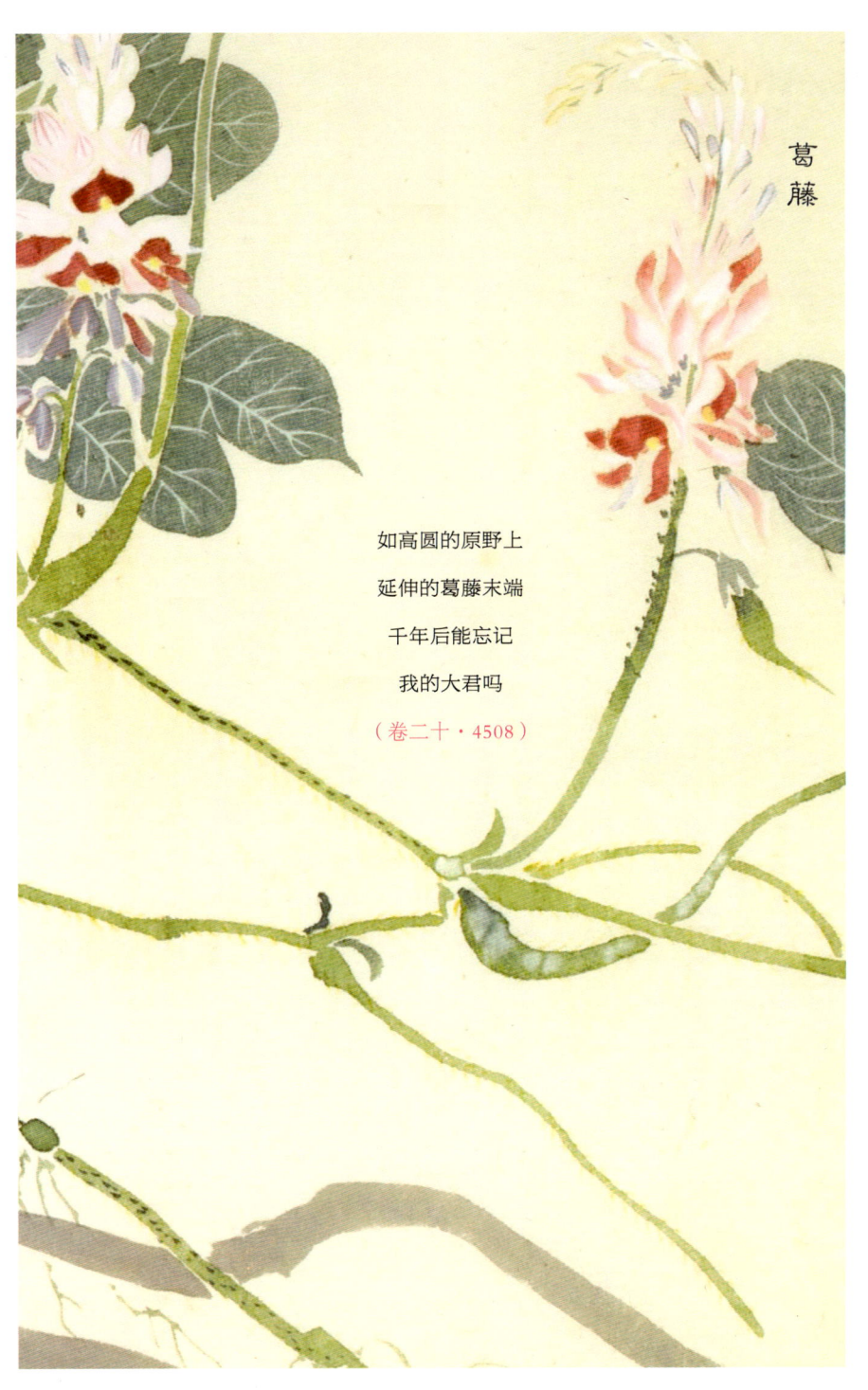

如高圆的原野上

延伸的葛藤末端

千年后能忘记

我的大君吗

（卷二十·4508）

冬

春兰

梅披镜前之粉,

兰薰珮后之香。

(卷五·815歌序)

橘树

橘树开花结果

叶子也鲜艳无比

枝干历经寒霜

生生不息的树

（卷六·1009）

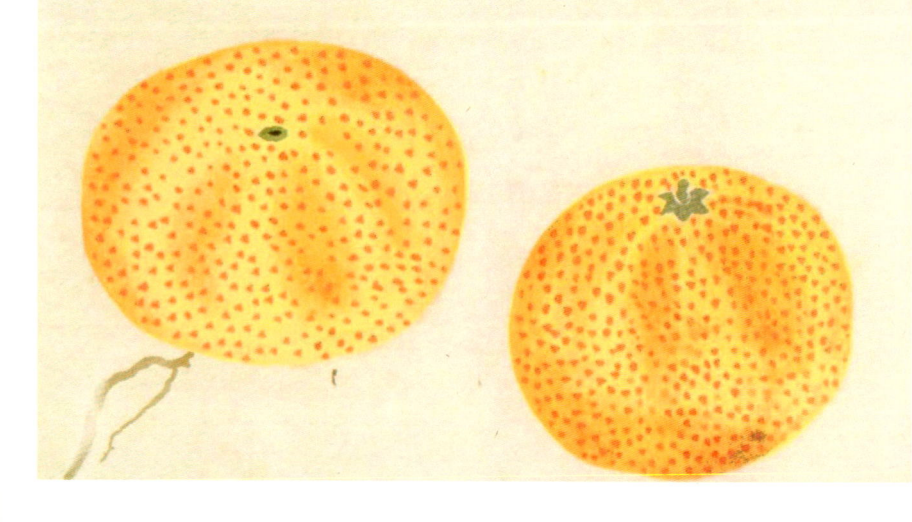

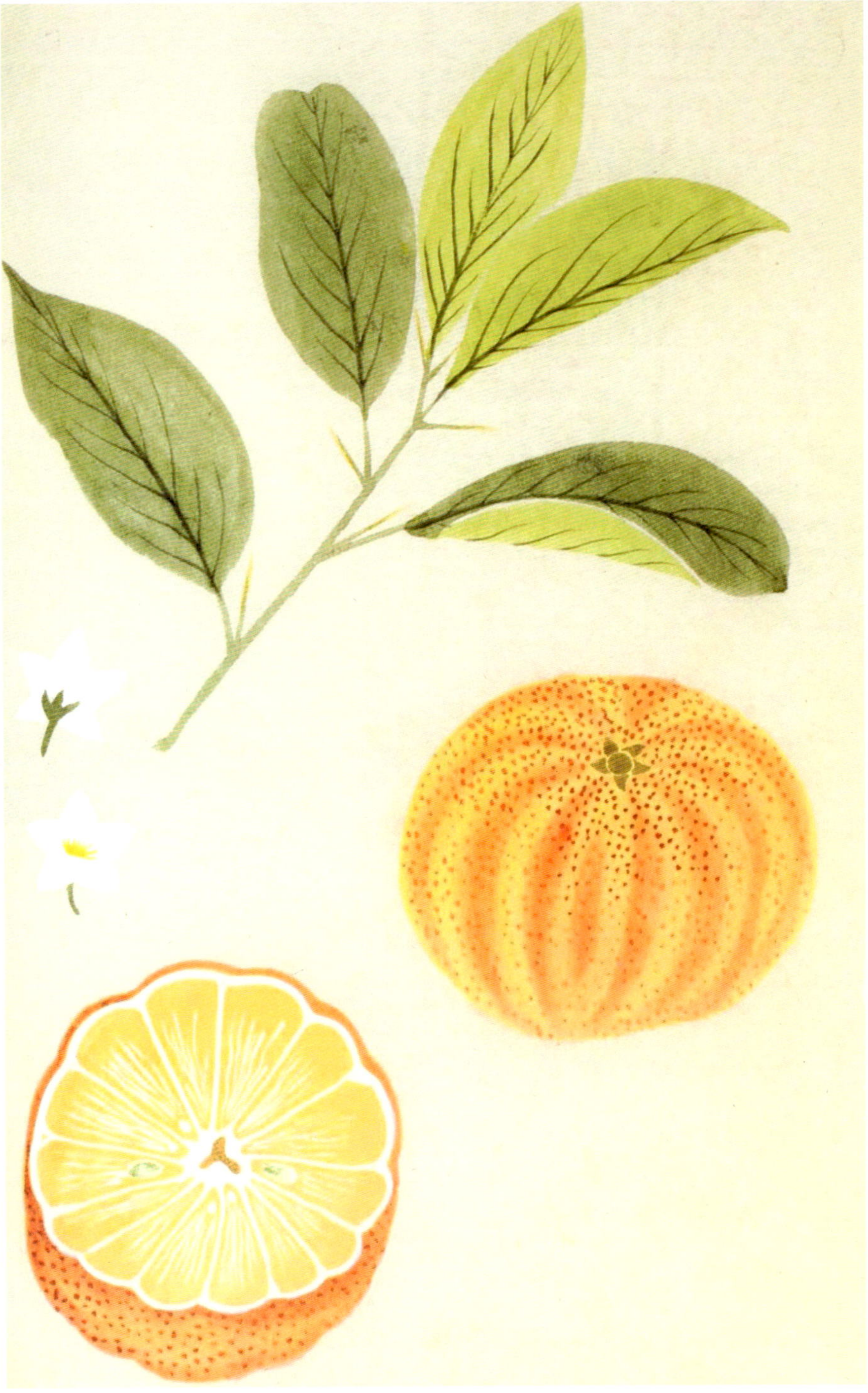

这一棵孤松

经历了多少年代

风吹声音清晰

经历了无数风霜

（卷六·1042）

松

西南卫矛（檀木）

南渊的细川山

用檀木制作弯弓

在缠好弓柄前

不能让人知道

（卷七·1330）

花

紅寶

花橘（朱砂根）

我家屋前的橘花

何时能够结出

珠玉般的果实

（卷八·1478）

梅花

梅花被雪花覆盖

想包起来送给你

正在手中融化

（卷十·1833）

紫金牛（山橘）

趁这场雪没消融

不去看山橘

辉映的果实吗

（卷十九・4226）

鲜花四季开放

称为母亲的花

为何不盛开

（卷二十·4323）

黄花贝母

山茶花

群峰上的山茶花

仔细观赏不够

种植此花的你呵

（卷二十·4481）